缚山魈

山魈者，黑瘦如猴，颈毛茸茸，以一足跳跃而行。声如裂竹，刀枪不入，好偷人纬帽。

犼

佛所骑之狮、象，人所知也；佛所骑之犼，人所不知。尸初变旱魃，再变即为犼。犼有神通，口吐烟火，能与龙斗，故佛骑以镇压之。

子不语

[清] 袁枚 著

天津出版传媒集团

天津人民出版社

果麦文化 出品

序

怪、力、乱、神，子所不语也。然龙血、鬼车，《系词》语之；玄鸟生商，牛羊饲稷，《雅》《颂》语之；左丘明亲受业于圣人，而内外传语此四者尤详。厥何故欤？盖圣人教人，文、行、忠、信而已；此外则"未知生，焉知死""敬鬼神而远之"，所以立人道之极也。《周易》取象幽渺，诗人自记祥瑞，《左氏》恢奇多闻，垂为文章，所以穷天地之变也。其理皆并行而不悖。

余生平寡嗜好，凡饮酒、度曲、樗蒲，可以接群居之欢者，一无能焉。文史外无以自娱，乃广采游心骇耳之事，妄言妄听，记而存之，非有所感也。譬如嗜味者餍八珍矣，而不广尝夫蚳醢、葵菹，则脾困；嗜音者备《咸》《韶》矣，而不旁及于《侏儒》《僸佅》，则耳狭。以妄驱庸，以骇起惰，不有博弈者乎？为之犹贤，是亦稗谌适野之一乐也。

昔颜鲁公、李邺侯，功在社稷，而好谈神怪；韩昌黎以道自任，而喜驳杂无稽之谈；徐骑省排斥佛、老，而好采异闻，门下士竟有伪造以取媚者。四贤之长，吾无能为役也；四贤之短，则吾窃取之矣。

书成，初名《子不语》，后见元人说部有雷同者，乃改为《新齐谐》云。

目录

○
章一

搜神

● 章二

志怪

○
章三

鬼魅

● 章四

奇人

○

章五

幻术

● 章六

秘闻

○

章一

搜神

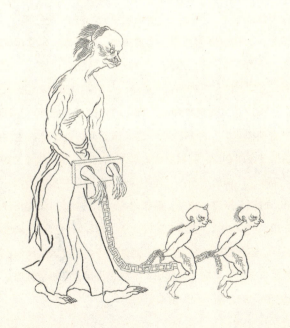

钟孝廉

　　余同年邵又房，幼从钟孝廉某，常熟人也。先生性方正，不苟言笑，与又房同卧起。忽夜半醒，哭曰："吾死矣！"又房问故，曰：
　　"吾梦见二隶人从地下耸身起，至榻前，拉吾同行。路泱泱然，黄沙白草，了不见人。行数里，引入一官衙。有神，乌纱冠，南向坐。隶掖我跪堂下。神曰：'汝知罪乎？'曰：'不知。'神曰：'试思之。'我思良久，曰：'某知矣，某不孝。某父母死，停棺二十年，无力卜葬，罪当万死。'神曰：'罪小。'曰：'某少时曾淫一婢，又狎二妓。'神曰：'罪小。'曰：'某有口过，好讥弹人文章。'神曰：'此更小矣。'曰：'然则某无他罪。'神顾左右曰：'令渠照来。'左右取水一盘，沃其面，恍然悟前生姓杨，名敞，曾偕友贸易湖南，利其财物，推入水中死。不觉战栗，匐伏神前曰：'知罪。'神厉声曰：'还不变么？'举手拍案，霹雳一声，天崩地坼，城郭、衙署、神鬼、器械之类，了无所睹，但见汪洋大水，无边无岸，一身渺然，飘浮于菜叶之上。自念叶轻身重，何得不坠？回视己身，已化蛆虫，耳目口鼻，悉如芥子，不觉大哭而醒。吾梦若是，其能久乎？"又房为宽解曰："先生毋苦，梦不足凭也。"先生命速具棺殓之物。越三日，呕血暴亡。

酆都知县

四川酆都县，俗传人鬼交界处。县中有井，每岁焚纸钱帛镪投之，约费三千金，名"纳阴司钱粮"。人或吝惜，必生瘟疫。国初，知县刘纲到任，闻而禁之，众论哗然。令持之颇坚。众曰："公能与鬼神言明乃可。"令曰："鬼神何在？"曰："井底即鬼神所居，无人敢往。"令毅然曰："为民请命，死何惜？吾当自行。"命左右取长绳缚而坠焉。众持留之，令不可。其幕客李诜，豪士也，谓令曰："吾欲知鬼神之情状，请与子俱。"令沮之，客不可，亦缚而坠焉。

入井五丈许，地黑复明，灿然有天光。所见城郭宫室，悉如阳世。其人民藐小，映日无影，蹈空而行，自言在此者不知有地也。见县令，皆罗拜曰："公阳官，来何为？"令曰："吾为阳间百姓请免阴司钱粮。"众鬼啧啧称贤，手加额曰："此事须与包阎罗商之。"令曰："包公何在？"曰："在殿上。"引至一处，宫室巍峨，上有冕旒[1]而坐者，年七十余，容貌方严。群鬼传呼曰："某县令至。"公下阶迎，揖以上坐，曰："阴阳道隔，公来何为？"令起立拱手曰："酆都水旱频年，民力竭矣。朝廷国课尚苦不输，岂能为阴司纳帛

---

1. 冕旒（miǎn liú）：古时帝王所戴的礼冠和前后的玉串。

锢，再作租户哉？知县冒死而来，为民请命。"包公笑曰："世有妖僧恶道，借鬼神为口实，诱人修斋打醮，倾家者不下千万。鬼神幽明道隔，不能家喻户晓，破其诬罔。明公为民除弊，虽不来此，谁敢相违？今更宠临，具征仁勇。"

语未竟，红光自天而下。包公起曰："伏魔大帝至矣，公少避。"刘退至后堂。少顷，关神绿袍长髯，冉冉而下，与包公行宾主礼，语多不可辨。关神曰："公处有生人气，何也？"包公具道所以。关曰："若然，则贤令也，我愿见之。"令与幕客李惶恐出拜。关赐坐，颜色甚温，问世事甚悉，惟不及幽明之事。李素戆[1]，遽问曰："玄德公何在？"关不答，色不怿，帽发尽指，即辞去。

包公大惊，谓李曰："汝必为雷击死，吾不能救汝矣。此事何可问也？况于臣子之前，呼其君之字乎！"令代为乞哀。包公曰："但令速死，免致焚尸。"取匣中玉印，方尺许，解李袍背印之。令与幕客李拜谢毕，仍缢而出。甫至酆都南门，李竟中风而亡。未几，暴雷震电绕其棺椁，衣服焚烧殆尽，惟背间有印处不坏。

---

1. 戆（gàng）：鲁莽。

狐生员劝人修仙

赵大将军之子襄敏公，总督保定。夜读书西楼，门户已闭，有自窗缝中侧身入者，形甚扁。至楼中，以手搓头及手足，渐次而圆。方巾朱履，向上长揖拱手曰："生员狐仙也，居此百年，蒙诸大人俱许在此。公忽来读书，生员不敢抗天子之大臣，故来请示。公必欲在此读书，某宜迁让，须宽限三日。如公见怜，容其卵息于此，则请扃锁如平时。"

赵公大骇，笑曰："尔狐矣，安得有生员？"曰："群狐蒙太山娘娘考试，每岁一次，取其文理精通者为生员，劣者为野狐。生员可以修仙，野狐不许修仙。"因劝赵公曰："公等贵人，可惜不学仙耳。如某等学仙最难，先学人形，再学人语；学人语者，先学鸟语；学鸟语者，又必须尽学四海九州之鸟语。无所不能，然后能为人声，以成人形，其功已五百年矣。人学仙较异类学仙少五百年功苦，若贵人、文人学仙，较凡人又省三百年功苦。大率学仙者千年而成，此定理也。"公喜其言，即于次日扃西楼让之。

此二事得于镇远太守讳之坛者，即将军之孙，且曰："吾父后悔未问太山娘娘出何题目考狐也。"

煞神受枷

　　淮安李姓者，与妻某氏，琴瑟调甚。李三十余病亡，已殓矣，妻不忍钉棺，朝夕哭，启而视之。故事[1]：民间人死七日则有迎煞之举，虽至戚皆回避。妻独不肯，置子女于别室，己坐亡者帐中待之。

　　至二鼓，阴风飒然，灯火尽绿。见一鬼，红发圆眼，长丈余，手持铁叉，以绳牵其夫，从窗外入。见棺前设酒馔，便放叉解绳，坐而大啖。每咽物，腹中啧啧有声。其夫摩抚旧时几案，怆然长叹。走至床前揭帐，妻哭抱之，泠然如一团冷云，遂裹以被。红发神竟前牵夺，妻大呼，子女尽至，红发神跟跄走。妻与子女以所裹魂放置棺中，尸渐奄然有气，遂抱置卧床上，灌以米汁，天明而苏。其所遗铁叉，俗所焚纸叉也。

　　复为夫妇二十余年。妻六旬矣，偶祷于城隍庙，恍惚中见二弓丁舁[2]一枷犯至。睇之，所枷者即红发神也。骂妇曰："吾以贪馋，故为尔所弄，枷二十年矣。今乃相遇，肯放汝耶？"妇至家而卒。

----

1. 故事：按照惯例或规矩。
2. 舁（yú）：抬。

蒲州盐枭

　　岳水轩过山西蒲州盐池，见关神祠内塑张桓侯像，与关面南坐；旁有周将军像，怒目狰狞，手拖铁链，锁朽木一枝，不解何故。土人指而言曰："此盐枭也。"

　　问其故，曰："宋元祐间，取盐池之水，熬煎数日，而盐不成。商民惶惑，祷于庙，梦关神召众人，谓曰：'汝盐池为蚩尤所据，故烧不成盐。我享血食，自宜料理。但蚩尤之魄，吾能制之，其妻名枭者，悍恶尤甚，我不能制。须吾弟张翼德来，始能擒服。吾已遣人自益州召之矣。'众人惊寤，且即在庙中添塑桓侯像。其夕风雷大作，朽木一根，已在铁练之上。次日取水煮盐，成者十倍。"

　　始悟今所称盐枭，实始于此。

地穷宫

保定督标守备李昌明暴卒，三日尸不寒，家人未敢棺殓。忽尸腹胀大如鼓，一溺而苏，握送殓者手曰：

"我将死时，苦楚异甚，自脚趾至于肩领，气散出不可收。既死，觉身体轻倩，颇佳于生时。所到处，天色深黄，无日色，飞沙茫茫，足不履地，一切屋舍、人物，都无所见。我神魂飘忽，随风东南行。许久，天色渐明，沙少止。俯视东北角，有长河一条，河内牧羊者三人，羊白色，肥大如马。我问家安在，牧羊人不答。又走约数十里，见远处隐隐宫殿，瓦皆黄琉璃，如帝王居。近前，有二人靴帽袍带立殿外，如世上所演高力士、童贯形状。殿前有黄金扁额，书'地穷宫'三字。我玩视良久，袍带者怒来逐我，曰：'此何地，容尔立耶！'我素刚，不肯去，与之争。殿内传呼曰：'外何喧嚷？'袍带者入，良久出曰：'汝毋去，听候谕旨。'二人环而守之。天渐暮，阴风四起，霜片如瓦。我冻久战栗，两守者亦瑟缩流涕，指我怨曰：'微汝来作闹，我辈岂受此冷夜之苦哉！'天稍明，殿内钟动，风霜亦霁。又一人出曰：'昨所留人，着送归本处。'袍带者拉以行，仍过原处，见牧羊人尚在。袍带者以我授之曰：'奉旨交此人与汝，送他还家，我去矣。'牧羊人殴我以拳，惧而坠河，饮水腹胀，一溺遂苏。"

言毕后，盥手沐面，饮食如常。后十日余仍卒。

先是，李之邻张姓者，睡至三更，床侧闻人呼声，惊起，见黑衣四人，各长丈余，曰："为我引路至李守备家。"张不肯，黑衣人欲殴之，惧而同行。至李门，先有二人蹲于门上，貌更狞恶，四人不敢仰视，偕张穿篱笆侧路以入，俄而哭声内作。此事傅卓园提督所言，李其友也。

刘刺史奇梦

陕西刘刺史介石，补官江南，寓苏州虎丘。夜二鼓，梦乘轻风归陕。未至乡里，路遇一鬼尾之，长三尺许，囚首丧面，狞丑可憎，与刘对搏。良久鬼败，刘挟鬼于腋下而趋，将投之河。路遇余姓者，故邻也，谓曰："城西有观音庙，何不挟此鬼诉于观音，以杜后患？"

刘然其言，挟鬼入庙。庙门外韦驮、金刚神皆怒目视鬼，各举所持兵器作击鬼状，鬼亦悚惧。观音望见，呼曰："此阴府之鬼，须押回阴府。"刘拜谢。观音目金刚押解，金刚跪辞，语不甚解，似不屑押解者。观音笑目刘曰："即着汝押往阴府。"刘跪曰："弟子凡身，何能到阴府？"观音曰："易耳。"捧刘面呵气者三，即遣出。鬼俯伏无语，相随而行。

刘自念虽有观音之命，然阴府未知在何处。正徘徊间，复遇余姓者，曰："君欲往阴府，前路有竹笠覆地者是也。"刘望路北有笠，如俗所用酱缸篷状，以手起之，洼然一井。鬼见大喜，跃而入，刘随之，冷不可耐。每坠丈许，必为井所夹，有温气自上而下，则又坠矣。三坠后，豁然有声，乃落于瓦上。张目视之，别有天地，白日丽空，所坠之瓦上，即王者之殿角也。闻殿中群神震怒，大呼曰："何处生人气！"有金甲者，擒刘至王前。王衮龙衣冕旒，须白如银，上坐，问："尔生人，胡为至此？"刘具道观音遣解之事。王目金甲神，捽其面仰天，谛视之，曰："面有红光，果然佛遣来。"问："鬼安在？"曰："在墙脚下。"王厉声曰："恶鬼难留，着押归原处。"群神叉戟交集，将鬼叉戟上投池。池中毒蛇怪鳖争脔食之。

刘自念已到阴府，何不一问前生事，揖金甲神曰："某愿知前生事。"金甲神首肯，引至廊下，抽簿示之曰："汝前生九岁时，曾盗人卖儿银八两，卖儿父母懊恨而亡，汝以此孽夭死。今再世矣，犹应为瞽[1]，以偿前愆。"刘大惊曰："作善可禳乎？"神曰："视汝善何如耳。"

语未毕，殿中呼曰："天符至矣，速令刘某回阳，毋致泄漏阴司案件。"金甲神掖至王前。刘复跪求曰："某凡身，何能出此阴界？"王持刘背吸气者三，遂耸身于井。三耸三夹如前，有温气自下而上。身从井出，至长安道上，复命于观音庙，跪陈阴府本末。旁一童子，嚅嚅不已，所陈语与刘同。刘骇视之，耳目口鼻，俨然己之本身也，但缩小如婴儿。刘大惊，指童子呼曰："此妖也！"童子亦指刘呼曰："此妖也！"观音谓刘曰："汝毋怖，此汝魂也。汝魂恶而魄善，故作事坚强而不甚透彻，今为汝易之。"

刘拜谢。童子不谢，曰："我在彼上，今欲易我，必先去我。我去，独不于彼有伤乎？"观音笑曰："毋伤也。"手金簪长尺许，自刘之左胁插入，剔一肠出，以腕绕之。每绕尺许，则童子身渐缩小。绕毕，掷于梁上，童子不复见矣。观音以掌扑案，刘悸而醒，仍在苏州枕席间，胁下红痕犹隐然在焉。

月余，陕信至，其邻人余姓者亡矣。此语介石亲为余言。

---

1. 瞽（gǔ）：盲，瞎。

雷公被绐

南丰征士赵黎村言：其祖某，为一乡豪士。明季乱时，有匪类某，武断乡曲，惯为纠钱作社之事，穷氓苦之。赵为告官，逐散其党。诸匪无所得，积怨者众。赵有膂力，群匪不敢私报。每天阴雷起，则聚其妻孥，具豚蹄祷曰："何不击恶人赵某耶？"

一日，赵方采花园中，见尖嘴毛人从空而下，响轰然，有硫黄气。赵知雷公为匪所绐，手溺器[1]掷之曰："雷公雷公！吾生五十年，从未见公之击虎，而屡见公之击牛也，欺善怕恶，何至于此！公能答我，虽枉死不恨。"雷噤不发声，怒目闪闪，如有惭色，又为溺所污，竟坠田中，苦吼三日。其群匪啮曰："吾累雷公，吾累雷公！"为设醮超度之，始去。

---

1. 溺器：盛小便的容器。

两神相殴

孝廉钟悟，常州人，一生行善，晚年无子，且衣食不周，意郁郁不乐。病临危，谓其妻曰："我死，慎毋置我棺中。我有不平事，将诉冥王，或有灵应，亦未可知。"随即气绝，而中心尚温。妻如其言，横尸以待。

死三日后，果苏，曰："我死后到阴间，所见人民来往，与阳世一般。闻有李大王者，司赏善罚恶之事。我求人指引到他衙门，思量具诉。果到一处，宫殿巍峨，中坐尊官。我进见，自陈姓名，将生平修善不报之事，一一诉知，且责神无灵。神笑曰：'汝行善行恶，我所知也。汝穷困无子，非我所知，亦非我所司。'问何神所司，曰：'素大王。'我心知李者，理也；素者，数也。因求神送至素王处一问，神曰：'素王尊严，非如我处无人拦门者。我正有事要与素王商办，汝可随行。'

"少顷，闻呼驺声。所从吏役，皆整齐严肃。行至半途，见相随有沥血者，曰受冤未报；有嚼齿者，曰逆党未除；有美妇人而拉丑男者，曰夫妇错配。最后有一人，衮冕玉带，状若帝王，貌伟然，而衣履尽湿，曰：'我周昭王也。我家祖宗自后稷、公刘，积德累仁；我祖父文、武、成、康，圣贤相继，何以一传至我，而依例南征，无故为楚人溺死？幸有勇士辛游靡，长臂多力，曳我尸起，归葬成周，否则徒为江鱼所吞矣。后虽有齐侯小白借端一问，亦不过虚应故事，草草完结。如此奇冤，二千年来绝无报应，望神替一查。'李王唯唯。余鬼闻之，纷纷然俱有怒色。钟方悟世事不平者，尚有许大冤抑，如我贫困，固是小事，气为之平。

"行少顷，闻途中喝道而至曰：'素王来。'李王迎上，各在舆中交谈。始而絮语，继而忿争，哓哓不可辨。再后两神下车，挥拳相殴。李渐不胜，群鬼从而助之，我亦奋身相救，终不能胜。李神怒云：'汝等从我上奏玉皇，听候处分！'随即腾云而起，二神俱不见。少顷俱下，云中有霞帔而宫装者二仙女相随来，手持金尊玉杯，传诏曰：'玉帝管三十六天事，无暇听些些小讼。今赠二神天酒一尊，共十杯，有能多饮者，便直其事。'李神大喜，自称我量素佳，踊跃持饮，至三杯便捧腹欲吐。素神饮毕七杯，尚无醉色。仙女曰：'汝等勿行，且俟我复命后再行。'

"须臾又下，颁玉帝诏云：'理不胜数，自古皆然。观此酒量，汝等便该明晓，要知世上凡一切神鬼、圣贤、英雄、才子、时花、美女、珠玉、锦绣、名画、法书，或得宠逢时，或遭凶受劫，素王掌管七分，李王掌管三分。素王因量大，故往往饮醉，颠倒乱行。我三十六天日食、星陨，尚被素王抱持擅权，我不能作主，而况李王乎？然毕竟李王能饮三杯，则人心天理、美恶是非，终有三分公道，直到万古千秋，绵绵不断。钟某阳数虽绝，此中消息非到世间晓谕一番，则以后告状者愈多，故且开恩，增寿一纪，放他还阳，此后永不为例。'"

钟听毕还魂，又十二年乃死。常语人云："李王貌清雅，如世所塑文昌神。素王貌陋，团团浑浑，望去耳目口鼻不甚分明。从者诸人，大概相似。千百人中，亦颇有美秀可爱者，其党亦不甚推尊也。"钟本名护，自此乃改名悟。

白虹精

　　浙江塘西镇丁水桥篙工马南箴，撑小舟夜行。有老妇携女呼渡，舟中客拒之。篙工曰："黑夜妇女无归，渡之亦阴德事。"老妇携女应声上，坐舱中，嘿无言。

　　时当孟秋，斗柄西指，老妇指而顾其女笑曰："猪郎又手指西方矣，好趋风气若是乎！"女曰："非也，七郎君有所不得已也。若不随时为转移，虑世间人不识春秋耳。"舟客怪其语，瞪愕相顾。妇与女夷然，绝不介意。舟近北关门，天已明，老妇出囊中黄豆升许谢篙工，并解麻布一方与之包豆，曰："我姓白，住西天门。汝他日欲见我，但以足踏麻布上，便升天而行，至我家矣。"言讫不见。

　　篙工以为妖，撒豆于野。归至家，卷其袖，犹存数豆，皆黄金也。悔曰："得毋仙乎？"急奔至弃豆处迹之，豆不见而麻布犹存。以足蹑之，冉冉云生，便觉轻举，见人民村郭，历历从脚下经过。至一处，琼宫绛宇，小青衣侍户外曰："郎果至矣。"入扶老妇人出，曰："吾与汝有宿缘，小女欲侍君子。"篙工谦让非耦，妇人曰："耦亦何常之有。缘之所在，即耦也。我呼渡时，缘从我生；汝肯渡时，缘从汝起。"言未毕，笙歌酒肴，婚礼已备。

　　篙工居月余，虽恩好甚隆，而未免思家。谋之女，女教仍以足蹑布，可乘云归。篙工如其言，竟归丁水桥。乡亲聚观，不信其从天而下也。

　　嗣后屡往屡还，俱以一布为车马。篙工之父母恶之，私焚其布，异香累月不散。然往来从此绝矣。或曰姓白者，白虹精也。

千年仙鹤

湖州菱湖镇王静岩，家饶于财，房室高敞，有"九思堂"，广可五六亩。宴客日暮，必闻厅柱下有声，如敲竹片。静岩恶之，对柱祝曰："汝鬼耶，则三响。"乃应四声。曰："若仙耶，则四响。"乃应五声。曰："若妖耶，则五响。"乃乱应无数。

有道士某来设坛，用雷签插入柱下。忽家中婢头坟起，痛不可忍。道士撤签，婢痛止。间一日，婢忽狂呼，如伤寒发狂者。召医视之，按脉未毕，举足踏医，伤面血流，男子有力者四五人，抱持不能禁。王之女初笄[1]，闻婢病，来视之。初入门，大惊仆地，曰："非婢也！其面方如墙，白色，无眼、鼻、口、耳，吐舌赤如丹砂，长三四尺，向人噞张。"女惊不已，遂亡。女死而婢愈。

王百计驱妖，有请乩[2]仙者来，言仙人草衣翁甚灵，可以镇邪。王如其言，设香案，置盘，乩笔砉然有声，穿窗而出，于窗纸上大书曰："何苦何苦，土地受过。"主人问乩，乩言："草衣翁因地邪未去，遽请仙驾，将当方土地神发城隍笞二十矣。"自后此妖寂然。

---

1. 笄（jī）：古代的一种簪子，此指女子成年。
2. 乩（jī）：扶乩，一种民间占卜的仪式。乩仙，通过扶乩以向神明请示。

草衣翁与人酬酢甚和，所言多验。或请姓名，曰："我千年仙鹤也。偶乘白云过鄱阳湖，见大黑鱼吞人，予怒而啄之，鱼伤脑死。所吞人以姓名假我，以状貌付我，我今姓陈名芝田，草衣者，吾别字也。"或请见之，曰："可。"请期，曰："在某夜月明时。"至期，见一道士立空中，面白，微须，冠角巾，披晋唐服饰，良久如烟散矣。

仙鹤扛车

　　方绮亭明府，作令江西。其同僚郭姓者，四川人，言少时曾上峨嵋山，意欲弃世学道。见老翁长髯秀貌，戴羽巾，飘飘然导之前行。至一处，宫殿巍峨，似王者居。翁指示曰："汝欲学道，非王命不可。王外出未归，汝少待。"

　　俄而仙乐嘹嘈，异香触鼻，两仙鹤扛水精车，车中坐王者，状如世上所画香孩儿，红衣文蓐，洁白如玉，口嬉嬉微笑，长不满尺许。诸神俯伏，迎入宫。老翁奏曰："有真心学道人郭某求见。"王命传入，注视良久，曰："非仙才，速送回人间。"老翁掖郭下。郭问曰："王何以年少？"老翁笑曰："为仙为圣为佛，及其成功，皆婴儿也。汝不闻孔子亦儒童菩萨，孟子云：'大人者，不失其赤子之心'乎？吾王已五万岁矣。"郭无奈何，仍自山下归家。犹记其殿门外朱书二对云："胎生卵生，湿生化生，生生不已；天道地道，人道鬼道，道道无穷。"

狐祖师

盐城村戴家有女，为妖所凭，厌以符咒，终莫能止。诉于村北圣帝祠，怪遂绝。已而有金甲神托梦于其家曰："吾圣帝某部下邹将军也。前日汝家妖是狐精，吾已斩之。其党约明日来报仇，尔等于庙中击金鼓助我。"

翌日，戴家集邻众往，闻空中甲马声，乃奋击金钲铙鼓，果有黑气坠于庭，村前后落狐狸头甚夥。越数日，其家又梦邹将军来曰："我以灭狐太多，获罪于狐祖师，狐祖师诉于大帝。某日大帝来庙按其事，诸父老盍为我求之？"

众如期往，伏于廊下。至夜半，仙乐嘹嘈，有冕服乘辇者冉冉来，侍卫甚众。后随一道人，庞眉皓齿，两金字牌署曰"狐祖师"。圣帝迎谒甚恭，狐祖师曰："小狐扰世罪当死，但部将歼我族类太酷，罪不可逭[1]。"圣帝唯唯。村人自廊下出，跪而请命。有周秀才者骂曰："老狐狸，须白如此，纵子孙淫人妇女，反来向圣帝说情！何物狐祖师，罪当万斩！"

---

1. 逭（huàn）：逃避。

祖师笑不怒，从容问："人间和奸何罪？"周曰："杖也。"祖师曰："可知奸非死罪矣。我子孙以非类奸人，罪当加等，要不过充军流配耳，何致被斩？况邹将军斩我一子，并斩我子孙数十，何耶？"周未及答，闻庙内传呼云："大帝有命：邹将军嫉恶太严，杀戮太重，念其事属因公，为民除害，可罚俸一年，调管海州地方。"村人欢呼，合掌向空念佛而去。

雷部三爷

　　杭州施姓者，家居忠清里。六月，雷雨后，小便树下。甫解裤，见有鸡爪尖面者蹲焉，大怖而返。夜即暴病，狂呼触犯雷神。家人环跪求赦，病者曰："治酒饮我，杀羊食我，我贷其命。"如其言，三日而愈。

　　适有天师法官过杭，施姓与有旧，以其事告之。法官笑曰："此雷部奴中奴也，小名阿三，惯倚势诈人酒食；如果雷神，其技量宁止此耶？今长随中有称三爷、四爷者，是矣。"

偷雷锥

　　杭州孩儿巷有万姓，甚富，高房大厦。一日，雷击怪，过产妇房，受污，不能上天，蹲于园中高树之顶。鸡爪尖嘴，手持一锥。人初见，不知为何物，久而不去，知是雷公。万戏谕家人曰："有能偷得雷公手中锥者，赏银十两。"众奴嘿然，俱称不敢。一瓦匠某，应声去，先取高梯置墙侧，日西落，乘黑而上。雷公方睡，匠竟取其锥下。主人视之，非铁非石，光可照人，重五两，长七寸，锋棱甚利，刺石如泥。苦无所用，乃唤铁工至，命改一刀，以便佩带。方下火，化一阵青烟杳然去矣。俗云：天火得人火而化。信然。

土地受饿

杭州钱塘邑生张望龄，病疟。热重时，见已故同学顾某者跟跄而来，曰："兄寿算已绝，幸幼年曾救一女，益寿一纪。前兄所救之女，知兄病重，特来奉探，为地方鬼棍所诈，诬以平素有黯昧事。弟大加呵饬，方遣之去，特诣府奉贺。"

张见故人为己事而来，衣裳蓝缕，面有菜色，因谢以金。顾辞不受，曰："我现为本处土地神，因官职小，地方清苦，我又素讲操守，不肯擅受鬼词，滥作威福，故终年无香火；虽作土地，往往受饿。然非分之财，虽故人见赠，我终不受。"张大笑，次日具牲牢祭之。

又梦顾来谢曰："人得一饱，可耐三日；鬼得一饱，可耐一年。我受君恩，可挨到阴司大计[1]，望荐卓异矣。"张问："汝如此清官，何以不即升城隍？"曰："解应酬者，可望格外超升；做清官者，只好大计卓荐。"

---

1. 大计：官吏每三年一次的考绩。

秃尾龙

　　山东文登县毕氏妇，三月间沤衣池上，见树上有李，大如鸡卵。心异之，以为暮春时不应有李，采而食焉，甘美异常。自此腹中拳然，遂有孕。十四月，产一小龙，长二尺许，坠地即飞去，到清晨必来饮其母之乳。父恶而持刀逐之，断其尾，小龙从此不来。

　　后数年，其母死，殡于村中。一夕雷电风雨，晦冥中若有物蟠旋者。次日视之，棺已葬矣，隆然成一大坟。又数年，其父死，邻人为合葬焉。其夕雷电又作。次日见其父棺从穴中掀出，若不容其合葬者。嗣后村人呼为"秃尾龙母坟"，祈晴祷雨无不应。

　　此事陶悔轩方伯为余言之，且云偶阅《群芳谱》云：天罚乖龙，必割其耳；耳坠于地，辄化为李。毕妇所食之李，乃龙耳也，故感气化而生小龙。

九天玄女

周少司空青原未遇时，梦人召至一处，长松夹道，朱门径丈，金字榜云"九天玄女之府"。周人拜，见玄女霞帔珠冠，南面坐，以手平扶之，曰："无他相属，因小女有小影，求先生题诗。"命侍者出一卷子，汉魏名人笔墨俱在焉。淮南王刘安隶书最工，自曹子建以下，稍近钟、王风格。

周素敏捷，挥笔疾书，得五律四章。玄女喜，命女出拜，年甫及笄，神光照耀，周不敢仰视。女曰："周先生富贵中人，何以身带暗疾？我无以报，愿为君除此疾，作润笔之费。"解裙带授药一丸，命吞之。周幼时误食铁针，着肠胃间，时作隐痛，自此霍然。醒后诗不能记，惟记一联云："冰雪消无质，星辰系满头。"

地藏王接客

　　裘南湖者，吾乡沧晓先生之从子也。性狂傲，三中副车[1]不第，发怒，焚黄于伍相国祠，自诉不平。越三日病，病三日死。

　　魂出杭州清波门，行水草上，沙沙有声。天淡黄色，不见日光，前有短红墙，宛然庐舍，就之，乃老妪数人拥大锅烹物。启之，皆小儿头足，曰："此皆人间坠落僧也，功行未满，偷得人身，故煮之，使在阳世不得长成即夭亡耳。"裘惊曰："然则妪是鬼耶？"妪笑曰："汝自视以为尚是人耶？若人也，何能到此？"裘大哭。妪笑曰："汝焚黄求死，何哭之为？须知伍相国吴之忠臣，血食吴越，不管人间禄命事。今来唤汝者，伍公将汝状转牒地藏王，故王来唤汝。"裘曰："地藏王可得见乎？"曰："汝可自书名纸，往西角佛殿投递，见不见未可定。"指前街曰："此卖纸帖所也。"

　　裘往买帖，见街上喧嚷扰扰，如人间唱台戏初散光景。有冠履者，有科头者，有老者、幼者、男者、女者，亦有生时相识者，招之绝不相顾，约略皆亡过之人，心愈悲。向前，果有纸店，坐一翁，白衫葛巾，以纸付裘。裘乞笔砚，翁与之，裘书"儒士裘某拜"。翁笑曰：

---

1. 副车：旧时乡会试，除正式录取外附加的贡生。

"儒字难居，汝当书某科副榜，转不惹地藏王呵责。"裘不以为然。

睨壁上有诗笺，题"郑鸿撰书"，兼挂纸钱甚多。裘素轻郑，乃谓翁曰："郑君素无诗名，胡为挂彼诗笺？且此地已在冥间矣，要纸钱何用？"翁曰："郑虽举人，将来名位必显。阴司最势利，故吾挂之，以为光荣。纸钱正是阴间所需，汝当多备，贿地藏王侍卫之人，才肯通报。"裘又不以为然。

径至西角佛殿，果有牛头夜叉辈，约数百人，胸前绣"勇"字补服，向裘狰狞呵詈[1]。裘正窘急间，有抚其肩者，葛巾翁也，曰："此刻可信我言否？阳间有门包，阴间独无门包乎？我已为汝带来。"即代裘将数千贯纳之，"勇"字军人方持帖进，闻东角门訇然开矣。

唤裘入，跪阶下。高堂峨峨，望不见王。纱窗内有人声曰："狂生裘某，汝焚牒伍公庙，自称能文，不过作烂八股时文，看高头讲章，全不知古往今来多少事业学问，而自以为能文，何无耻之甚也！帖上自称儒士，汝现有祖母年八十余，受冻忍饥，致盲其目，不孝已甚，儒当若是耶？"裘曰："时文之外，别有学问，某实不知；若祖母受苦，实某妻不贤，非某之罪。"王曰："夫为妻纲，人间一切妇人罪过，阴司判者总先坐夫男，然后再罪妇人。汝既为儒士，如何卸责于妻？汝三中副车，以汝祖父阴德荫庇，并非仗汝之文才也。"言未毕，忽闻殿外有鸣锣呵殿声，甚远，内亦撞钟伐鼓应之。一"勇"字军人虎皮冠者报"朱大人到"，王下阁出迎。裘跟跄下殿，伏东厢窃视，乃刑部郎中朱履忠，亦裘戚也。裘愈不平，骂曰："果然阴间势利，我虽读烂时文，毕竟是副榜；朱乃入粟得官，亦不过郎中，何至地藏王亲出迎接哉？"

---

1. 詈（lì）：责骂。

"勇"字军人大怒，以杖击其口，一痛而苏。见妻女环哭于前，方知死已二日，因胸中余气未绝，故不入殓。此后南湖自知命薄，不复下场；又三年卒。

狮子大王

　　贵州人尹廷洽，八月望日早起，行礼土地神前。上香讫，将启门，见二青衣排闼[1]入，以手推尹仆地，套绳于颈而行。尹方惶遽间，见所祀土地神出而问故，青衣展牌示之，上有"尹廷洽"字样，土神笑不语，但尾尹而行。里许，道旁有酒饭店，土神呼青衣入饮。得间语尹曰："是行有误，我当卫君前行。倘遇神佛，君可大声叫冤，我当为君脱祸。"君颔之，仍随青衣前去。

　　约行大半日，至一所，风波浩渺，一望无际。青衣曰："此银海也，须深夜乃可渡，当少憩片时。"俄而土神亦曳杖来，青衣怪之。土神曰："我与渠相处久，情不能已于一送，前路当分手耳。"正谈说间，忽天际有彩云旌旗，侍从纷然。土神附耳曰："此朝天诸神回也。汝遇便可叫冤。"尹望见车中有神，貌狞狞然，目有金光，面阔二尺许，即大声喊冤。神召之前，并饬[2]行者少停，问："何冤？"尹诉为青衣所摄。神问："有牌否？"曰："有。""有尔名乎？"曰："有。"神曰："既有牌，又有尔名，此应摄者，何冤为？"厉

---

1. 排闼（tà）：推门。
2. 饬（chì）：同"敕"，命令。

声叱之。尹词屈，不知所云。土神趋而前，跪奏："此中有疑，是小神令其伸冤。"神问："何疑？"曰："某为渠家中溜[1]，每一人始生，即准东岳文书知会其人，应是何等人，应是何年月日死，共计在阳世几岁，历历不爽。尹廷洽初生时，东岳牒文中开应得年七十二岁；今未满五十，又未接到折算文书，何以忽尔勾到？故恐有冤。"神听说，亦迟疑久之，谓土神曰："此事非我职司，但人命至重，尔小神尚肯如此用心，我何可膜视？惜此间至东岳府往还辽远，当从天府行文至彼方速。"乃唤一吏作牒，口授云："文书上只须问民魂尹廷洽有勾取可疑之处，乞飞天符下东岳，到银海查办，急急勿迟。"尹从旁见吏取纸作书，封印不殊人世，但皆用黄纸。封讫，付一金甲神，持投天门。又呼召银海神，有绣袍者趋进，命看守尹某生魂，俟岳神查办，毋误。绣袍者叩头，领尹退，而神已倏忽入云雾中矣。此时尹憩一大柳树下，二青衣不知所往。尹问土神："面阔二尺者，是何神耶？"曰："此西天狮子大王也。"

少顷，绣衣者谓土神曰："尔可领尹某往暗处少坐，弗令夜风吹之。我往前途迎引天神，闻呼可即出答应。"尹随土神沿岸行，约半里许，有破舟侧卧滩上，乃伏其中。闻人号马嘶及鼓吹之音，络绎不绝，良久始静。土神曰："可以出矣。"尹出，见绣衣人偕前持牒金甲人，引至岸上空阔处，云："立此少待，岳司即到。"

须臾，海上数十骑如飞而来，土神挟尹伏地上。数十骑皆下马，有衣团花袍、戴纱帽者上坐，余四人着吏服，又十余人武士装束，余悉狰狞，如庙中鬼面，环立而侍。上坐官呼海神，海神趋前，问答数语，趋而下，扶尹上。尹未及跪，土神上前叩头，一一对答如前。上

---

1. 中溜（liù）：房室的中央。此指土地神为尹家供奉的神。

坐官貌颇温良，闻土神语即怒，瞋目竖眉，厉声索二青衣。土神答："久不知所往。"上坐者曰："妖行一周，不过千里；鬼行一周，不过五百里。四察神可即查拿！"有四鬼卒应声腾起，怀中各出一小镜，分照四方，随飞往东去。

少顷，挟二青衣掷地上，云在三百里外枯槐树中拿得。上坐官诘问误勾缘由，二青衣出牌呈上，诉云："牌自上行，役不过照牌行事；倘有舛误，须问官吏，与役无干。"上坐官诘云："非尔舞弊，尔何故远飏？"青衣叩首云："昨见狮子大王驾到，一行人众，皆是佛光；土神虽微员，尚有阳气，尹某虽死，未过阴界，尚系生魂，可以近得佛光；鬼役阴暗之气，如何近得佛光？所以远伏。及狮王过后，鬼役方一路追寻，又值朝天神圣接连行过，以故不敢走出，并未知牌中何弊。"上坐官曰："如此，必亲赴森罗一决矣。"令力士先挟尹过海，即呼车骑排衙而行。尹怖甚，闭目不敢开视，但觉风雷击荡，心魂震骇。

少顷，声渐远，力士行亦少徐。尹开目即已坠地，见官府衙署，有冕服者出迎。前官入，分两案对坐堂上。先闻密语声，次闻传呼声，青衣与土神皆趋入。土神叩见毕，立阶下；青衣问话毕，亦起出。有鬼卒从庑下[1]缚一吏入，堂上厉声喝问，吏叩头辩，若有所待者然。又有数鬼从庑下擒一吏，抱文卷入。尹遥视之，颇似其族叔尹信。既入殿，冕服者取册查核。许久，即掷下一册，命前吏持示后吏，后吏惟叩首哀求而已。殿内神喝杖，数鬼将前吏曳阶下，杖四十。又见数鬼领朱单下，剥去后吏巾服，锁押牵出，过尹旁，的是其族叔。呼之不应，叩何往，鬼卒云："发往烈火地狱去受罪矣。"

---

1. 庑（wǔ）下：堂下周围的走廊、廊屋。

尹正疑惧间，随呼尹入殿。前花袍官云："尔此案已明。本司所勾系尹廷治，该吏未尝作弊。同房吏有尹姓者，系廷治亲叔，欲救其侄，知同族有尔名适相似，可以朦混，俟本司吏不在时，将牌添改'治'字作'洽'字，又将房册换易，以致出牌错误。今已按律治罪，尔可生还矣。"回头顾土神云："尔此举极好，但只须赴本司详查，不合向狮子大王路诉，以致我辈均受失察处分。今本司一面造符申覆，一面差勾本犯，尔速引尹廷洽还阳。"土神与尹叩谢出，遇前金甲者于门迎贺曰："尔等可喜，我辈尚须候回文，才得回去。"

尹随土神出走，并非前来之路，城市一如人间。饥欲食，渴欲饮，土神力禁不许。城外行数里，上一高山，俯视其下，有一人僵卧，数人守其旁而哭。因叩土神此何处，土神喝曰："尚不省耶！"以杖击之，一跌而寤，已死两昼夜矣。棺椁具陈，特心头微暖，故未殓耳。遂坐起，稍进茶水，急唤其子趋廷治家视之。归云："其人病已愈二日，顷复死矣。"

张大帝

　　安溪相公坟，在闽之某山。有道士季姓者，利其风水。其女病瘵[1]将危，道士谓曰："汝为我所生，而病已无全理。今将取汝身一物，以利吾门。"女愕然曰："惟翁命。"曰："我欲占李氏风水久矣，必得亲生儿女之骨埋之，方能有应。但死者不甚灵，生者不忍杀，惟汝将死未死之人，才有用耳。"女未及答，道士即以刀划取其指骨，置羊角中，私埋李氏坟旁。

　　自后李氏门中死一科甲，则道士族中增一科甲；李氏田中减收十斛，则道士田中增收十斛。人疑之，亦不解其故。

　　值清明节，村人迎张大帝像，为赛神会，彩旗导从甚盛。行至李家坟，神像忽止，数十人舁之不可动。中一男子大呼曰："速归庙，速归庙！"众从之，舁至庙中。男子上坐曰："我大帝神也。李家坟有妖，须往擒治之。"命其徒某执锹，某执锄，某执绳索。部署定，又大呼曰："速至李家坟，速至李家坟！"

　　众如其言，神像疾趋如风。至坟所，命执锹锄者搜坟旁。良久，得一羊角，金色，中有小赤蛇，蜿蜒奋动。其角旁有字，皆道人合族

---

1. 瘵（zhài）：病，多指痨病。

姓名也。乃命持绳索者往缚道士，鸣之官，讯得其情，置之法。李氏自此大盛，而奉张大帝甚虔。

羞疾

湖州沈秀才，少年入泮[1]，才思颇美。年三十余，忽得羞疾。每食，必举手搔其面曰："羞羞！"如厕，必举手搔其臀曰："羞羞！"见客亦然。家人以为癫，不甚经意。后渐尪羸[2]，医治无效。有时清楚，问其故，曰："疾发时，有黑衣女子捉我手如此，迟则鞭扑交下，故不得不然。"

家人以为妖，适张真人过杭州，乃具牒焉。张批："仰归安县城隍查报。"后十余日，天师遣法官来曰："昨据城隍详称，沈秀才前世为双林镇叶生妻，黑衣女子者，其小姑也。叶饶于财，小姑许配李氏，家贫。叶生爱妹，延李郎在家读书，须李入泮方议婚期。一日者，小姑步月，见李郎方夜读，私遣婢送茶与郎。婢以告嫂。嫂次日向人前手戏小姑面曰：'羞羞。'小姑忿，遂自缢，诉城隍神，求报仇索命。神批其牒云：'闺门处女，步月送茶，本涉嫌疑，何得以戏谑微词，索人性命？'不准。小姑不肯已，又诉东岳。东岳批云：'城隍批词甚明，汝须自省。但沈某前身既为长嫂，理宜含容，况姑娘小过，亦可暗中规戒，何得人前恶谑。今若勾取对质，势必伤其性

---

1. 入泮：古代学宫前有泮水，故称学校为泮宫。科举时代学童入学为生员称"入泮"。
2. 尪羸（wāng léi）：瘦弱，虚弱。

命，罪不至此。姑准汝自行报仇，俾他烦恼可也。所查沈某冤业事，须至牒者。'天师曰："此业尚小，可延高僧替小姑超度，俾其早投人身，便可了案。'"如其言，沈病遂痊。

妓仙

苏州西碛山后有云隘峰，相传其上多仙迹，能舍身而上，不死即得仙。有王生者，屡试不第，乃抗志与家人别，裹粮登焉。再上，得平原，广百亩许。云树蓊郁中，隐隐见悬崖上有一女子，衣装如世人，徘徊树下。心异之，趋而前，女亦出林相望。迫视，乃六七年前所狎苏州名妓谢琼娘也。彼此素相识，女亦喜甚，携生至茅庵。庵无门，地铺松针，厚数尺，履之绵软可爱。

女云："自与君别后，为太守汪公访拿，褫衣受杖，臀肉尽脱。自念花玉之姿，一朝至此，何颜再生人间，因决计舍身。辞别鸨母，以进香为词，至悬崖奋身掷下，为萝蔓纠缠，得不死。有白发老妪，食我以松花，教我以服气，遂不知饥寒。初犹苦风日，一岁后，霜露风雨都觉无怖。老母居前山，时相过从。昨老母来，云：'今日汝当与故人相会。'以故出林闲步，不意获见君子。"

因问："汪太守死否？"生曰："我不知。卿仙家，亦报怨乎？"女曰："我非汪公一激，何能至此，当感不当报。但老母向我云：'偶游天庭，见杖汝之汪太守，被神笞背，数其罪。'故疑其死。"生曰："妓不当杖乎？"女曰："惜玉怜香而心不动者，圣也；惜玉怜香而心动者，人也；不知玉不知香者，禽兽也。且天最诛人之心。汪公当日为抚军徐士林有理学名，故意杀风景以逢迎之，此意为天所恶。且他罪多，不止杖妾一事。"生曰："我闻仙流清洁，卿落平康[1]久矣，能成道乎？"女曰："淫媟虽非礼，然男女相爱，不过天地生物之心。放下屠刀，立地成佛，不比人间他罪难忏悔也。"

生具道来寻仙本意，且求宿庵中。女曰："君宿何妨，但恐仙未能成也。"因为生解衣置枕，情爱如昔，而语不及私。生摸视其臀，白腻如初，女亦不拒；然心稍动，则女色益庄。门外猿啼虎啸，或探首于窦，或进爪于门，若相窥者。生不觉息邪心，抱女端卧而已。夜半，闻门外呵咤声，舆马驺从、贵官显者，往来不绝。生怪之，女曰："此各山神灵酬酢，每夕多有，慎勿触犯。"

及天明，女谓生曰："君诸亲友已在山下访寻，宜速返。"生不肯行，女曰："仙缘有待，君再来未晚。"送至崖，一推而堕。生回望，见女立云雾中，情殊依依，逾时影才灭。生踉跄奔归，见其兄与家人持楮镪[2]，哭奠于山下，谓生已死二十七日矣，故来祭奠。访汪太守，果以中风亡。

---

1. 平康：妓院。亦称平康坊。
2. 楮镪（chǔ qiǎng）：纸钱。

李百年

无锡张塘桥华协权者，与好事数人设乩盘于家，其降鸾者[1]曰"仲山王问"。仲山，故明进士，锡之闻人也。众因与酬答。出语蹇涩，诗亦不甚韵。每召辄至。时华方构一楼，请仙题其扁。仙曰："无锡秦园有扁曰'聊逍遥兮容与'，此可用乎？"众疑此语出屈子，而必曰秦园，不似仲山语也。

一日者，与众答问方欢，忽书："吾欲去矣。"问何之，曰："钱汝霖家见招赴席。"乩遂寂然。钱汝霖者，亦里中人，所居去张塘桥不二三里。众因怪而侦之，则是日以病故祷神也。

明日，仙复至。华因问："昨饮钱家乎？"曰："然。""盛馔乎？"曰："颇佳。"众嘲之曰："钱乃祷神，非请仙也。所请者城隍土地之属，岂有高人王仲山而往赴席乎？"仙语塞，乃曰："吾非王仲山，乃山东李百年耳。"问："百年何人？"曰："吾于康熙年间在此贩棉花，死不得归，魂附张塘桥庵。庵有无主魂与我共十三人，皆无罪孽，无羁束，里中之祷者，皆吾辈享之。"华曰："所祷

---

1. 降鸾者：旧时民间扶乩占卜，需要有人扮演神明附身的角色，这类人被称作鸾生。神明附身于鸾生，与占卜者交流。

城隍诸神，俱有主名；若既无名，何得参与其间？”曰：“城隍诸神，岂轻向人家饮食？所祷者都是虚设，故吾辈得而享焉。”华曰：“无名冒食，天帝知之，恐加罪，奈何？”曰：“天上岂知有祷乎？是皆愚民习俗之所为，即鬼祟索食，间或有之，究无关于生死也。况我非索之，而彼自设之，而我享之，何忤于天帝？即君家茶酒，亦非我索之也。”曰：“既如此，子何必托名于王仲山耶？”曰：“君家檐头神执符来请，彼不敢上请真仙，所请者皆我辈也。十三人中惟吾稍识几字，故聊以应命。使直书姓名曰李百年，君等肯尊奉我乎？我见此处人家扁额，多仲山王问书，知为名人，故托其名来耳。”问：“‘聊逍遥兮容与’六字何出？”曰：“吾但于秦家园见之，不知所出，道听途说，见笑大方矣。”

华曰：“子既无羁束，何不归山东？”曰：“关津桥梁，是处有神，非钱不得辄过。”华曰：“吾今以一陌纸钱送汝归，何如？”曰：“唯唯，谢谢。既见惠，须更以一陌酬于桥神。不然，仍不获拜赐也。”时华之侄某在旁，曰：“吾早暮过桥上，汝得无祟我乎？”曰：“顷吾言之矣，鬼安能为祟？”于是焚楮锭送之，而毁其乩焉。

雷祖

昔有陈姓猎户，畜一犬，有九耳。其犬一耳动，则得一兽；两耳动，则得两兽；不动则无所得。日以为验。

一日，犬九耳齐动。陈喜必大获，急入山。自晨至午，不得一兽。方怅怅间，犬至山凹中大叫，将足爬地，颠其头，若招引状。陈疑，掘之，得一卵，大如斗，取归置几上。次早雷雨大作，电光绕室，陈疑此卵有异，置之庭中。霹雳一声，卵豁然而开，中有一小儿，面目如画。陈大喜，抱归室中，抚之为子。

长登进士第，即为本州太守，才干明敏，有善政。至五十七岁，忽肘下生翅，腾空仙去。至今雷州祀曰"雷祖"。

燧人钻火树

四川苗洞中人迹不到处，古木万株，有首尾阔数十围，高千丈者。邛州杨某，为采贡木故，亲诣其地，相度群树。有极大楠木一株，枝叶结成龙凤之形，将施斧锯，忽风雷大作，冰雹齐下。匠人惧而停工。

其夜，刺史梦一古衣冠人来，拱手语曰："我燧人皇帝钻火树也。当天地开辟后，三皇递兴，一万余年，天下只有水，并无火，五行不全。我怜君民生食，故舍身度世，教燧人皇帝钻木出火，以作大烹，先从我根上起钻，至今灼痕犹可验也。有此大功，君其忍锯我乎？"刺史曰："神言甚是。但神有功，亦有过。"神问："何也？"曰："凡食生物者，肠胃无烟火气，故疾病不生，且有长年之寿。自水火既济之后，小则疮痔，大则痰壅，皆火气熏蒸而成。然后神农黄帝尝百草，施医药以相救。可见燧人皇帝以前民皆无病可治，自火食后，从此生民年寿短矣。且下官奉文采办，不得大木，不能消差，奈何？"

神曰："君言亦有理。我与天地同生，让我与天地同尽。我有曾孙树三株，大蔽十牛，尽可合用消差。但两株性恭顺，祭之便可运斤；其一株性倔强，须我谕之，才肯受伐。"次日如其言，设祭施锯，果都平顺；及运至川河，忽风浪大作，一木沉水中，万夫曳之，卒不起。

兔儿神

国初御史某，年少科第，巡按福建。有胡天保者，爱其貌美，每升舆坐堂，必伺而睨之。巡按心以为疑，卒不解其故，胥吏亦不敢言。居亡何[1]，巡按巡他邑，胡竟偕往，阴伏厕所窥其臀。巡按愈疑，召问之。初犹不言，加以三木，乃云："实见大人美貌，心不能忘，明知天上桂，岂为凡鸟所集，然神魂飘荡，不觉无礼至此。"巡按大怒，毙其命于枯木之下。

逾月，胡托梦于其里人[2]曰："我以非礼之心，干犯贵人，死固当然；毕竟是一片爱心，一时痴想，与寻常害人者不同。冥间官吏俱笑我、揶揄我，无怒我者。今阴官封我为兔儿神，专司人间男悦男之事，可为我立庙招香火。"

闽俗原有聘男子为契弟之说，闻里人述梦中语，争醵钱立庙，果灵验如响。凡偷期密约，有所求而不得者，咸往祷焉。

程鱼门曰："此巡按未读《晏子春秋》劝勿诛羽人事，故下手太重；若狄伟人先生颇不然。相传先生为编修时，年少貌美。有车夫

---

1. 亡何：不久。
2. 里人：同乡人。

某，亦少年，投身入府，为先生推车，甚勤谨，与雇直钱不受，先生亦爱之。未几病危，诸医不效，将断气矣，请主人至，曰：'奴既死，不得不言，奴之所以病至死者，为爱爷貌美故也。'先生大笑，拍其肩曰：'痴奴子，果有此心，何不早说耶？'厚葬之。"

山阴风灾

　　己丑年，蒋太史心余掌教山阴[1]。有扶乩者徐姓，盘上大书"关神下降"。蒋拜问其母太夫人年寿，神批云："尔母系再来人，来去自有一定，未便先漏天机。"复书云："屏去家僮，有要语告君。"如其言，乃云："君负清才，故尔相告：今年七月二十四日，山阴有大灾，尔宜奉母避去。"蒋云："弟子现在寄居，绝少亲戚，无处可避；且果系劫数中人，避亦无益。"乩盘批"达哉"二字，灵风肃然，神亦去矣。

　　临七月之期，蒋亦忘神所言。二十四日晨起，天气清和，了无变态。过午二刻，忽大风西来，黑云如墨，人对面不能相见；两龙斗于空中，飞沙走石。石如碗大者，打入窗中，以千百计。古树十余丈者，折如寸草。所居蕺山书院[2]，石柱尽摇，至申刻始定。墙倾处压死两奴，独一七岁小儿，存米桶中，呻吟不死。问之，云："当墙倒时，见一黑人，长丈余，擒我纳桶内。"其母则已死桶外矣。是年临海居民死者数万人。

---

1. 山阴：山阴县，古地名，位于浙江省绍兴市。
2. 蕺（jí）山书院：坐落于绍兴古城蕺山上，明代著名学者刘宗周曾在院中讲学，是蕺山学派的发祥地。

子不语娘娘

　　固安乡人刘瑞，贩鸡为生，年二十，颇有姿貌。一日，驱十余鸡往城中贩卖，将近城门，见一女子，容态绝世，呼曰："刘郎来耶？请坐石上，与郎有言。我仙人也，与郎有缘，故坐此等君。君不须惊怕，决不害君，且有益于君。但可惜前缘止有三年耳。君此去卖鸡，必遇一人全买，可以扫担而空，钱可得八千四百文。"刘唯唯前行，心终恐惧。及至城中卖鸡，果如所言，心愈惊疑，以为鬼魅，思避之。乃绕道从别路归家，则此女已坐其家中矣。笑曰："前缘早定，岂君所能避耶？"刘不得已，竟与成亲，宛然人也。

　　及旦，谓刘曰："住房太小，我住不惯，须改造数间。"刘曰："我但有鸡价八千，何能造屋？"女曰："君不须虑及于此。我知此房地主，亦非君产，是君叔刘癞子地乎？"曰："然。"曰："此时癞子在赌钱场上输了二千五百文。君速往，他必向君借银，君如数与之，地可得也。"刘往赌钱处，果见乃叔被人索赌债，捆缚树上，见刘瑞，喜不自胜，曰："侄肯为我还赌钱，我情愿将房地立契奉赠。"刘与钱，立契而归。女在其屋旁添造楼屋三间，颇为宏敞。顷刻家伙俱全，亦不知其何从来也。

　　乡邻闻之，争来请见。刘归问之："可使得否？"女曰："何妨一见。但乡邻中有王五者，素行不端，我恶其人，叫他不必来。"刘以告王，王不肯，曰："众邻皆见，何独外我？"遂与群邻一哄而入。群邻齐作揖，呼嫂问安。女答礼回问，颜甚温和。王五笑曰："阿嫂昨宵受用否？"女骂曰："我早知汝积恶种种，原不许汝来，还敢如此撒野！"厉声喝曰："捆起来！"王五双手反接跪矣。又喝曰："掌嘴！"王五自己披颊不已。于是众邻齐跪，代为讨饶。女曰："看诸邻面上，又他出去。"王五跟跄倒爬而出。嗣后远逃，不敢再住村中。

女为刘生一子，眉目清秀，端重寡言。刘家业小康，不复贩鸡矣。一日，女忽置酒，抱其儿置刘怀中，而痛哭不已。刘惊问故，曰："郎不记我从前三年缘满之说乎？今三年矣。天定之数，丝毫不爽，不能多也。但我去后，君不妨续娶，嘱后妻善抚我儿。须知我常常要来看儿，我能见人，人不能见我也。"

刘闻之大恸。女起身径行，刘牵其衣曰："我因卿来之后，家业小康。今卿去后，我何以为生？"女曰："所虑甚是，我亦思量到此。"乃袖中出一木偶，长寸余，赠刘曰："此人姓子，名不语，服事我之婢也。能知过去未来之事。君打扫一楼，供养之，诸生意事，可请教而行。"刘惊曰："子不语，得非是怪乎？"曰："然。"刘曰："怪可供养乎？"女曰："我亦怪也，君何以与我为夫妻耶？君须知万类不齐，有人类而不如怪者，有怪类而贤于人者，不可执一论也。但此婢貌最丑怪，故我以'子不语'名之。不肯与人相见，但供养楼中，听其声响可也。"刘从之，置木偶于楼中，供以香烛。呼"子不语娘娘"则应声如响，举家闻其声，不见其形也。有酒食送楼上，盘盘皆空，但闻哺啜之声。踏梯脚迹，弓鞋甚小。

女临去时犹与刘抱卧三昼夜，早起抚之，渺然不见。窗户不开，不知从何处去也。供子不语三年，有问必答，有谋必利。忽一日，此女从空而归，执刘手曰："汝家财可有三千金乎？"曰："有。"曰："有，则君之福量足矣。不特妾去，子不语娘娘，妾亦携之而去也。"嗣后向楼呼之，无人答矣。

其子名钊，入固安县学。华腾霄守备亲见之。

指上栖龙

有萃里民王兴，左手大指着红纹，形纤曲，仅寸许，可五六折。每雷雨时辄摇动弗宁。兴憾焉，欲锉去之。一夕，梦一男子容仪甚异，谓兴曰："余应龙也。谪降在公体，公勿祸余。后三日午后，公伸手指于窗棂外，余其逝矣。"至期，雷雨大作，兴如所言，手指裂而应龙起矣。

仙童行雨

粤东亢旱，制军孙公祷雨无验。时值按临潮郡，途次见民众千余，聚集前山坡上。遣人询之，云："看仙童。"先是，潮之村民孙姓子，年十二，与村中群竖牧犊，嬉于山坡。一儿戏以拳击孙氏子，方击去，忽孙子两脚已离地数尺。又一儿以石击之，愈击愈高，皆不能着体。于是群儿奔说，哄动乡邻，十数里外者，俱来哗睹。其父母泣涕仰唤，童但俯笑不言。

制军闻是异，与司道群官徒步往观。仰视一童子，背挂青笠，牛鞭插于腰际，立空中。制军方以天旱为忧，便祝曰："尔果仙乎？能三日致雨，以救禾稼，当祠祀尔。"童笑而颔之。顷之，浮云一朵，迷失莫睹。制军亦登舆行。俄大雨滂沱，数日内粤境叠报得雨，遍满沟泽。制军于是命塑其像，遣画师赴其家，使忆而图之。童父母盖愚农也，苦难形容其状，虽易屡幅，莫似。方无计间，忽童自空而下，笑曰："特来为绘吾面目。"遂图而成之。父母将挽留之，倏失所在。遂塑其像于五羊城内三元宫，题曰"羽仙孙真人"，香火甚盛。

此乾隆五十二年五月事。歙邑洪介亭游粤东，亲见迎孙童子像，因询其颠末。恐有缺疑，他日当谒补山相公证之。

番僧化鹤

宫中丞为滇藩时，西藏有僧二人来滇。一老者，望之可八九十许，云已三百余岁。一差少，望之可五六十许，云已历百二十岁。宫馆之省城隍庙旁舍东廊中，不饮不食。人与之食，亦食，啖可兼人。朔望，宫必招僧入署，设馔与食。僧辄倾诸肴并一器内，和饭，手抟而食，尽一二斛。归，终不饮食，月惟两餐而已。暇辄市民间小铁器物，转售觅利，得钱必买砖积廊下。人怪而问之，亦不对。

一日，少者他出，老僧忽以砖周叠门户，扃固其室。俄有火自内发，人争往扑救，不得入，烟焰蔽空。有白鹤一只，破烟而出。熄后，捡其遗蜕，瘗[1]于塔院。少者迄不归，更不知何往。

---

1. 瘗（yì）：埋葬。

● 章二

志怪

南山顽石

　　海昌陈秀才某，祷梦于肃愍庙。梦肃愍开正门延之，秀才逡巡。肃愍曰："汝异日我门生也，礼应正门入。"坐未定，侍者启："汤溪县城隍禀见。"随见一神峨冠来，肃愍命陈与抗礼，曰："渠[1]属吏，汝门生，汝宜上坐。"秀才惶恐而坐，闻城隍与肃愍语甚细，不可辨，但闻"死在广西，中在汤溪，南山顽石，一活万年"十六字。城隍告退，肃愍命陈送之。至门，城隍曰："向与于公之言，君颇闻乎？"曰："但闻十六字。"神曰："志之，异日当有验也。"入见肃愍，言亦如之。惊而醒，以梦语人，莫解其故。

　　陈家贫，有表弟李姓者，选广西某府通判，欲与同行。陈不可，曰："梦中神言'死在广西'，若同行，恐不祥。"通判解之曰："神言'始在广西'，乃始终之始，非死生之死也。若既死在广西矣，又安得'中在汤溪'乎？"陈以为然，偕至广西。

　　通判署中西厢房，封锁甚秘，人莫敢开。陈开之，中有园亭花石，遂移榻焉，月余无恙。八月中秋，在园醉歌曰："月明如水照楼台。"闻空中有人拊掌笑曰："'月明如水浸楼台'，易'照'字便

---

1. 渠：方言，他。

不佳。"陈大骇，仰视之，有一老翁，白藤帽，葛衣，坐梧桐枝上。陈悸，急趋卧内，老翁落地，以手持之曰："无怖，世有风雅之鬼如我者乎？"问："翁何神？"曰："勿言，吾且与汝论诗。"陈见其须眉古朴，不异常人，意渐解。入室内，互相唱和。老翁所作字，皆蝌蚪形，不能尽识。问之，曰："吾少年时，俗尚此种笔画，今颇欲以楷法易之，缘手熟，一时未能骤改。"所云少年时，乃娲皇前也。

自此每夜辄来，情甚狎[1]。通判家僮常见陈持杯向空处对饮，急白通判。通判亦觉陈神气恍惚，责曰："汝染邪气，恐'死在广西'之言验矣。"陈大悟，与通判谋归家避之。甫登舟，老翁先在，旁人俱莫见也。路过江西，老翁谓曰："明日将入浙境，吾与汝缘尽矣，不得不倾吐一言。吾修道一万年，未成正果，为少檀香三千斤刻一玄女像耳。今向汝乞之，否则将借汝之心肺。"陈大惊，问翁修何道。曰："斤车大道。"陈悟"斤车"二字合成一"斩"字，愈骇，曰："俟归家商之。"

同至海昌，告其亲友，皆曰："肃愍所谓'南山顽石'者，得毋此怪耶？"次日老翁至，陈曰："翁家可住南山乎？"翁变色，骂曰："此非汝所能言，必有恶人教汝。"陈以其语语友，友曰："然则拉此怪入肃愍庙可也。"如其言，将至庙，老翁失色反走。陈两手夹持之，强掖以入，老翁长啸一声，冲天去。自此怪遂绝。后陈生冒籍汤溪，竟成进士，会试房师，乃状元于振也。

---

1. 狎：亲昵，不庄重。

赵大将军刺皮脸怪

赵大将军良栋，平三藩后，路过四川成都。川抚迎之，授馆于民家。将军嫌其隘，意欲宿城西察院衙门。抚军曰："闻此中关锁百余年，颇有怪，不敢为公备。"将军笑曰："吾荡平寇贼，杀人无算，妖鬼有灵，亦当畏我。"即遣丁役扫除，置眷属于内室，而己独占正房，枕军中所用长戟而寝。

至二鼓，帐钩声铿然，有长身而白衣者，垂大腹障床面，烛光青冷。将军起，厉声喝之。怪退行三步，烛光为之一明，照见头面，俨然俗所画方相神也。将军拔戟刺之，怪闪身于梁，再刺，再走，逐入一夹道中，隐不复见。将军还房，觉有尾之者，回目之，此怪微笑蹑其后。将军大怒，骂曰："世那得有此皮脸怪耶！"众家丁起，各持兵仗来。怪复退走，过夹道，入一空房。见沙飞尘起，簌簌有声，似其丑类共来格斗者。

怪至中堂，挺然立，作负嵎状。家丁相视，无敢前。将军愈怒，手刺以戟，正中其腹，膨亨有声，其身面不复见矣。但有两金眼在壁上，大如铜盘，光晱晱射人。众家丁各以刀击之，化为满房火星，初大后小，以至于灭。东方已明，将军次日上马行，以所见语阖城文武，咸为咋舌，终不知何怪。

蝴蝶怪

　　京师叶某，与易州王四相善。王以七月七日为六旬寿期，叶骑驴往祝。过房山，天将暮矣。一伟丈夫跃马至，问将何往，叶告以故。丈夫喜曰："王四吾中表也。吾将往祝，盍同行乎？"叶大喜，与之偕行。丈夫屡蹴其背，叶固让前行，伪许而仍落后。叶疑为盗，屡回顾之。时天已黑，不甚辨其状貌，但见电光所烁，丈夫悬首马下，以两脚踏空而行。一路雷与之俱，丈夫口吐黑气，与雷相触，舌长丈余，色如朱砂。叶大骇，卒无奈何，且隐忍之，疾驱至王四家。王出与相见，欢然置酒。叶私问与路上丈夫何亲，曰："此吾中表张某也。现居京师绳匠胡同，以镕银为业。"叶稍自安，且疑路上所见眼花耳。

　　酒毕，叶就寝，心悸不肯与同宿，丈夫固要之，不得已，请一苍头伴焉。叶彻夜不寐，而苍头酣寝矣。三鼓灯灭，丈夫起坐，复吐其舌，一室光明，以鼻嗅叶之帐，涎流不已，伸两手，持苍头啖之，骨星星坠地。叶素奉关神，急呼曰："伏魔大帝何在？"忽訇然[1]有钟鼓声，关帝持巨刃排梁而下，直击此怪。怪化一蝴蝶，大如车轮，张翅

拒刃。盘旋片时，又霹雳一震，蝴蝶与关神俱无所见。

叶昏晕仆地，日午不起。王四启门视之，具道所以。地有鲜血数斗，床上失一张某与一苍头矣，所骑马宛然在厩。急遣人至绳匠胡同踪迹张某，张方踞炉烧银，并无往易州祝寿之事。

不倒翁

蒋生某，往河南，过巩县，宿焉。店家有西楼，洒扫极净，蒋爱之，以行李往。店主笑曰："公胆大否？此楼不甚安。"蒋曰："椒山自有胆[1]。"秉烛坐。至夜深，闻几下如竹桶泛水声，有跃出者，青衣皂冠，长三寸许，类世间差役状，睨蒋许久，叱叱而退。

少顷，数短人舁一官至，旗帜车马之类，历历如豆。官乌纱冠危坐，指蒋大詈，声细如蜂虿[2]。蒋无怖色。官愈怒，小手拍地，麾众短人拘蒋。众短人牵鞋扯袜，竟不能动。官嫌其无勇，攘臂自起。蒋以手撮之，置于几上。细视之，世所卖不倒翁也。块然僵仆，一土偶耳。

其舆从俯伏罗拜，乞还其主。蒋戏曰："尔须以物赎。"应声曰："诺。"墙穴中嗡嗡有声，或四人舁一钗，或二人扛一簪。顷刻首饰金帛之属，布散于地。蒋取不倒翁掷与之，复能举动如初，然队伍不复整矣，奔窜而散。

天渐明，店主大呼："失贼！"问之，则楼上赎官之物，皆三寸短人所偷店主物也。

---

1. 椒山自有胆：杨继盛，号椒山，明代著名谏臣。与大奸臣严嵩为敌，被投入囚牢，遭受酷刑。友人赠其蛇胆，用以止痛。杨继盛拒之，并曰："椒山自有胆，何必蚺蛇哉！"
2. 蜂虿（chài）：古书所述蝎子一类的毒虫。

罗刹鸟

雍正间，内城某为子娶媳，女家亦巨族，住沙河门外。新娘登轿后，骑从簇拥，过一古墓，有飙风从冢间出，绕花轿者数次，飞沙眯目，行人皆辟易，移时方定。顷之，至婿家，轿停大厅上。媵者揭帘，扶新娘出，不料轿中复有一新娘，掀帏自出，与先出者并肩立。众惊视之，衣妆彩色，无一异者，莫辨真伪。扶入内室，翁姑相顾而骇，无可奈何。且行夫妇之礼，凡参天、祭祖，谒见诸亲，俱令新郎中立，两新人左右之。新郎私念娶一得双，大喜过望。夜阑，携两美同床，仆妇侍女辈各归寝室，翁姑亦就枕。

忽闻新妇房中惨叫，披衣起，童仆妇女辈排闼入，则血淋漓满地，新郎跌卧床外，床上一新娘仰卧血泊中，其一不知何往。张灯四照，梁上栖一大鸟，色灰黑，而钩喙巨爪如雪。众喧呼奋击，短兵不及，方议取弓矢长矛，鸟鼓翅作磔磔声，目光如青磷，夺门飞去。新郎昏晕在地，云："并坐移时，正思解衣就枕，忽左边妇举袖一挥，两目睛被抉去矣，痛剧而绝，不知若何化鸟也。"再询新妇，云："郎叫绝时，儿惊问所以，渠已作怪鸟来啄儿目，儿亦顿时昏绝。"后疗治数月，俱无恙。伉俪甚笃，而两盲比目，可悲也。

正黄旗张君广基，为予述之如此。相传墟墓间太阴，积尸之气，久化为罗刹鸟，如灰鹤而大，能变幻作祟，好食人眼，亦药叉、修罗、薛荔类也。

鄱阳湖黑鱼精

　　鄱阳湖有黑鱼精作祟。有许客舟过，忽黑风一阵，水立数丈，上有鱼，口如臼大，向天吐浪，许客死焉。其子某，誓杀鱼以报父仇。贸易数年，资颇丰，诣[1]龙虎山，具盛礼请于天师。时天师老矣，谓许曰："凡除怪斩妖，全仗纯气真煞。我老病且死，不能为汝用。然感汝孝心，我虽死，嘱吾子代治之。"已而，天师果死。

　　小天师传位一年，许又往请。小天师曰："诚然，父有遗命，我不敢忘。然此妖者，黑鱼也，据鄱阳湖五百年，神通甚大。我虽有符咒法术，亦必须有根气仙官助我，方能成事。"箧中出小铜镜，付许曰："汝持此照人，凡一人而有三影者，速来告我。"许如其言，遍照江西，皆一人一影。密搜月余，忽照乡村杨家童子有三影，告天师。天师遣人至乡，厚赠其父母，诡言慕神童名，请到府中试其所学。童故贫家，欣然而来。天师供养数日，随携许及童子同往鄱阳湖，建坛诵咒。

　　一日者，衣童子衮袍，剑缚背上，出其不意，直投湖中。众人大骇，其父母号哭，向天师索命。天师笑曰："无妨也。"俄而霹雳一

---

1. 诣（yì）：到，特指到尊长那里去。

声，童子手提大黑鱼头，立高浪之上。天师遣人抱至舟中，衣不沾湿。湖中水十里内，皆成血色。童子归，人争问所见。童子曰："我酣睡片时，并无所苦。但见金甲将军提鱼头放我手中，抱我立水上而已。其他我不知。"自此鄱阳湖无黑鱼之患。或云：童子者，即总漕杨清恪公也。

囊囊

桐城南门外章云士，性好神佛。偶过古庙，见有雕木神像，颇尊严，迎归作家堂神，奉祀甚虔。夜梦有神如所奉像，曰："我灵钧法师也。修炼有年，蒙汝敬我，以香火祀我。倘有所求，可焚牒招我，我即于梦中相见。"章自此倍加敬信。

邻有女为怪所缠，怪貌狰恶，遍体蒙茸，似毛非毛。每交媾，则下体痛楚难忍，女哀求见饶。怪曰："我非害汝者，不过爱汝姿色耳。"女曰："某家女比我更美，汝何不往缠之，而独苦我乎？"怪曰："某家女正气，我不敢犯。"女子怒，骂曰："彼正气，偏我不正气耶？"怪曰："汝某月日，烧香城隍庙，路有男子方走，汝在轿帘中暗窥，见其貌美，心窃慕之，此得为正气乎？"女面赤不能答。

女母告章，章为求家堂神。是夜梦神曰："此怪未知何物，宽三日限，当为查办。"过期，神果至曰："怪名囊囊，神通甚大，非我自往剪除不可；然鬼神力量，终需恃人而行。汝择一除日，备轿一乘、夫四名、快手四名、绳索刀斧八物，剪纸为之，悉陈于厅。汝在旁喝曰：'上轿！'曰：'抬到女家！'更喝曰：'斩！'如此，则怪除矣。"

两家如其言。临期，扶纸轿者果觉重于平日。至女家，大喝

"斩"字，纸刀盘旋如风，飒飒有声，一物掷墙而过，女身霍然如释重负。家人追视之，乃一蓑衣虫，长三尺许，细脚千条，如耀丝闪闪，自腰斫为三段。烧之，臭闻数里。

桐城人不解囊囊之名，后考《庶物异名疏》，方知蓑衣虫一名囊囊。

秦毛人

湖广郧阳房县有房山，高险幽远，四面石洞如房。多毛人，长丈余，遍体生毛，往往出山食人鸡犬，拒之者必遭攫搏。以枪炮击之，铅子皆落地，不能伤。相传制之法，只须以手合拍，叫曰："筑长城，筑长城。"则毛人仓皇逃去。余有世好张君名敔者，曾官其地，试之果然。

土人曰："秦时筑长城，人避入山中，岁久不死，遂成此怪，见人必问城修完否。以故知其所怯而吓之。"数千年后犹畏秦法，可想见始皇之威。

人同

喀尔喀[1]有兽，似猴非猴，中国人呼为"人同"，番人呼为"噶里"。往往窥探穹庐[2]，乞人饮食，或乞取小刀烟具之属，被人呼喝，即弃而走。有某将军畜养之，唤使莝[3]豆樵汲等事，颇能服役。

居一年，将军任满归，人同立马前，泪下如雨，相从十余里，麾之不去。将军曰："汝之不能从我至中国，犹我之不能从汝居此土也。汝送我可止矣。"人同悲鸣而去，犹屡回头仰视云。

---

1. 喀尔喀：清代漠北蒙古族诸部的名称，因分布于喀尔喀河（哈拉哈河）得名。
2. 穹庐：古代游牧民族居住的毡帐，中央隆起，四周下垂，形状似天，因而得名"穹庐"。
3. 莝（cuò）：铡草。

赑屃精

　　无锡华生，美风姿，家居水沟头，密迩[1]圣庙。庙前有桥甚阔，多为游人憩息。夏日，生上桥纳凉。日将夕，步入学宫，见间道侧一小门，有女徘徊户下。生心动，试前乞火。女笑而与之，亦以目相注。生更欲进词，而女已阖扉，遂记门径而出。

　　次日再往，女已在门相待。生叩姓氏，知为学中门斗女。且曰："妾舍逼隘，不避耳目；卿家咫尺，但得静僻一室，妾当夜分相就，卿明夕可待我于门。"生喜，急归，诳妇以畏暑宜独寝，洒扫外室，潜候于门。女果夜来，携手入室，生喜过望。自是每夕必至。

　　数月后，生渐羸弱。父母潜窥寝处，见生与女并坐嬉笑，亟排闼入，寂然无人。乃严诘生，生备道始末，父母大骇。偕生赴学宫踪迹，绝无向时门径。遍访门斗中，亦并无有女者，共知为妖。乃广延僧道，请符箓，一无所效。其父研朱砂与生，曰："俟其来时，潜印女身，便可踪迹。"生俟女睡，以朱砂散置发上，而女不知。次日，父母偕人入圣庙遍寻，绝无影响。忽闻邻妇诟小儿曰："甫换新裤，又染猩红，从何处染来耶？"其父闻而异之，往视，小儿裤上尽朱

---

1. 密迩：临近，接近。

砂，因究儿所自，曰："适骑学宫前负碑龟首，不觉染此。"往视赑屃之首，朱砂在焉。乃启学官，碎碑下龟首，石片片有血丝，腹中得小石如卵，坚光若镜，锤之不碎，远投太湖。自是女不复来。

阅半月，女忽直入寝所，詈生曰："我何负卿，竟碎我身体！然我亦不恼也。卿父母所虑者，为卿病耳。今已乞得仙宫灵药，服之当无恙。"出草叶数茎，强生食，其味香甘，且云："前者居处相近，可朝夕往返。今稍远，便当长住此矣。"自是白昼见形，惟不饮食，家人大小咸得见之。生妻大骂，女笑而不答。每夕生妻拥生坐床，不令女上，女亦不强。但一就枕，妻即惛惛长睡，不知所为，而女独与生寝。生服灵药后，精神顿好，绝不似曩时[1]孱弱。父母无奈，姑听之。

如是年余。一日，生偶行街市，有一疥道人熟视生曰："君妖气过重，不实言，死期近矣。"生以实告，疥道人邀入茶肆，取背上葫芦，倾酒饮之，出黄纸二符，授生曰："汝持归，一贴寝门，一贴床上，毋令女知。彼缘尚未绝，俟八月十五夜，吾当来相见。"

时六月中旬也。生归，如约贴符。女至门惊却，大诟曰："何又薄情若此！然吾岂惧此哉！"词甚厉而终不敢入。良久，大笑曰："我有要语告君，凭君自择，君且启符。"如其言，乃入，告生曰："郎君貌美，妾爱君，道人亦爱君。妾爱君，想君为夫；道人爱君，想君为龙阳耳！二者郎君择焉。"生大悟，遂相爱如初。

至中秋望夕，生方与女并坐看月，忽闻唤名声，见一人露半身于短墙外，迫视之，疥道人也。拉生告曰："妖缘将尽，特来为汝驱除。"生意不欲，道人曰："妖以秽言谤我，我亦知之，以此愈不饶

---

1. 曩（nǎng）时：以往，过去的。

他！"书二符曰："速去擒来。"生方逡巡，适家人出，遽将符送至妻所。妻大喜，持符向女，女战栗作噤，乃缚女手，拥之以行。女泣谓生曰："早知缘尽当去，因一点痴情，淹留受祸。但数年恩爱，卿所深知。今当永诀，乞置我于墙阴，勿令月光照我，或冀须臾缓死，卿能见怜否？"生固不忍绝之也，乃拥女至墙阴，手解其缚。女奋身跃起，化一片黑云，平地飞升。道人亦长啸一声，向东南腾空追去，不知所往。

缚山魈

　　湖州孙叶飞先生，掌教云南，素豪于饮。中秋夕，招诸生饮于乐志堂。月色大明。忽几上有声，如大石崩压之状。正愕视间，门外有怪，头戴红纬帽，黑瘦如猴，颈下绿毛茸茸然，以一足跳跃而至。见诸客方饮，大笑去，声如裂竹。人皆指为山魈，不敢近前。伺其所往，则闯入右首厨房。厨者醉卧床上，山魈揭帐视之，又笑不止。众大呼，厨人惊醒，见怪，即持木棍殴击，山魈亦伸臂作攫搏状。厨夫素勇，手抱怪腰，同滚地上。众人各持刀棍来助，斫之不入，棍击良久，渐渐缩小，面目模糊，变一肉团。乃以绳捆于柱，拟天明将投之江。

　　至鸡鸣时，又复几上有极大声响。急往视之，怪已不见。地上遗纬帽一顶，乃书院生徒朱某之物，方知院中秀才往往失帽，皆此怪所窃。而此怪好戴纬帽，亦不可解。

老妪变狼

广东厓州农民孙姓者，家有母，年七十余。忽两臂生毛，渐至腹背，再至手掌，皆长寸余，身渐伛偻，尻后尾生。一日，仆地化作白狼，冲门而去。家人无奈何，听其所之。

每隔一月或半月，必还家视其子孙，照常饮啖。邻里恶之，欲持刀箭杀之。其子妇乃买豚蹄，俟其再至，嘱曰："婆婆享此，以后不必再来。我辈儿孙深知婆婆思家，无恶意，彼邻居人那能知道，倘以刀箭相伤，则做儿媳者心上如何忍得？"言毕，狼哀号良久，环视各处，然后走出。自后竟不来矣。

吴生不归

会稽县东四十里，地名长溇。有吴生者，年十八，美丰仪，读书家中，忽失所在。越三日归，自言："某日坐书室，见美妇人降自屋上，招与偕行。随至大第中，陈设华美，往来者无一男子。室内更有一美，倚窗斜睇，具酒食共饮。饮毕，两美迭就为欢。叩以姓名，俱笑不答，但云：'此间乐，我二人惟郎是从，郎但安居可也。'居数日，我偶动乡思，一女曰：'郎思家矣，当送归，无苦郎心。'遂送至里门，我才得归。"

自此神思恍惚。当午，家人为具膳，则云此味恶，不似彼食美也。当夕，为拭床帐，则云此物恶，不似彼物华也。未几，又失去，数日复归，所言如前，但颜色渐焦，举体有腥气。家人延僧道醮祝，都无所济。

俄而数月不返。生有弟某，行经白塔，见山洞口有遗带，认系兄物。持归，率人秉火入洞，见兄裸卧淤泥间，作行房状。扶至家，灌以药饵，苏，张目怒曰："我云雨未毕，卧锦衾中，何夺我至此！"于是亲族皆来守护，以铁索锢之，压以符箓。生稍知惧，不敢寐。夜间，众方环坐，忽闻响声琅然，有光若电，绕室数匝，失生所在。铁索斩然中断，门窗仍闭，竟不知何自出也。

次晨，再寻白塔山洞，茫然无得矣。于是远近传播洞中有妖，聚观者日以千计。县令李公惧生事，亲来搜看，亦无所得。乃以石封洞门，观者止，而生竟不归。

蜈蚣吐丹

余舅氏章升扶，过温州雁荡山。日方午，独行涧中。忽东北有腥风扑鼻而至，一蟒蛇长数丈，腾空奔迅，其行如箭，若有所避者。后有五六尺长紫金色一蜈蚣逐之。蛇跃入溪中，蜈蚣不能入水，乃舞掉其群脚，飒飒作声，以须钳掉水，良久，口吐一红丸如血色，落水中。少顷，水如沸汤，热气上冲。蛇在水中颠扑不已，未几死矣，横浮水面。蜈蚣乃飞上蛇头，啄其脑，仍向水吸取红丸，纳口中，腾空去。

石言

　　吕蓍，建宁人，读书武夷山北麓古寺中。方昼阴晦，见阶砌上石尽人立，寒风一过，窗纸树叶飞脱，着石粘挂不下，檐瓦亦飞着石上。石皆旋转化为人，窗纸树叶化为衣服，瓦化冠帻，颀然丈夫十余人，坐踞佛殿间，清谈雅论，娓娓可听。吕怖骇，掩窗而睡。

　　明日起视，毫无踪迹。午后，石又立如昨。数日以后，竟成泛常，了不为害。吕遂出与接谈，问其姓氏，多复姓。自言皆汉、魏人，有二老者则秦时人也。所谈事与汉、魏史书所载颇有异同，吕甚以为乐。午食后，静待其来，询以托物幻形之故，不答。问何以不常住寺中，亦不答；但答语曰："吕君雅士，今夕月明，我共来角武，以广君所未见。"是夜，各携刀剑来，有古兵器，不似戈戟，而不能强加名者。就月起舞，或只或双，飘瞥神妙。吕再拜而谢。

　　又一日，告吕曰："我辈与君周旋日久，情不忍别，今夕我辈皆托生海外，完前生未了之事，当与君别矣。"吕送出户，从此阒[1]寂。

　　吕凄然如丧良友，取所谈古事，笔之于书，号曰《石言》。欲梓以传世，贫不能办，至今犹藏其子大延处。

---

1. 阒（qù）：形容寂静。

人熊

　　浙商某，贩洋为生。同伴二十余人，被风吹至一海岛，因结伴上岛闲步。走里许，遇一人熊，长丈余，以两手围其伴，愈围愈逼。至一大树下，熊取长藤，将人耳逐个穿通，缚树上，乃跳去。

　　诸人俟其去远，各解所佩小刀，割断其藤，趋奔回船。俄见四熊抬一大石板，板上又坐一熊，比前熊更大。前熊仍跳跃而来，状若甚乐者。至树侧，见空藤委地，怅然如有所失。石板上熊大怒，叱四熊群起殴之，立毙而去。众在舟中望之，各惊喜，以为再生。

　　山阴吴某某耳孔有一洞，沈君萍如戚也。问其故，历历言之如此。

驱鲎

　　吴兴卞山有白鲎洞，每春夏间，即见状如匹练起空中，游漾无定，所过之下，蚕茧一空，故养蚕时尤忌之，性独畏锣鼓声。明太常卿韩绍，曾命有司挟毒矢逐之，有《驱鲎文》载郡志。近年来作患尤甚。

　　乾隆癸卯四月，有范姓者，具控于城隍。是夜梦有老人来曰："汝所控已准，某夜当命玄衣真人逐鲎，但鲎鱼司露有功，被害者亦有数。彼以贪故，当示之罚。尔等备硫磺烟草，在某山洞口相候可也。"

　　范至期集数十人往。夜二鼓，月色微明，空中风作。见前山有大蝙蝠丈许，飞至洞前，瞬息诸小蝠群集者，不下数十。每一蝙蝠至，必有灯一点如引导状。范悟曰："是得非所谓玄衣真人乎？"即引火纵烧烟草。俄而洞中声起如潮涌风发，有匹练飞出，蝙蝠围环，若布阵然，彼此搏击良久。乡民亦群打锣鼓，放爆竹助之。约一时许，匹练飘散如絮，有青气一道，向东北而去。蝙蝠亦散。

　　次早往视，林莽间绵絮千余片，或青或白，触手腥秽不可近。自是鲎患竟息。

铁匣壁虎

云南昆明池旁，农民掘地得铁匣。匣上符箓不可识，旁有楷书云："至正元年杨真人封。"农民不知何物，椎碎其匣，中有壁虎寸许，蠕蠕然，似死非死。童子以水沃之，顷刻寸许者渐伸渐长，鳞甲怒生，腾空而去，暴风烈雨，天地昏黑。见一角黑蛟与两黄龙空中攫斗，冰雹齐下，所损田禾民屋无算。

蛇王

楚地有蛇王者，状类帝江，无耳目爪鼻，但有口，其形方如肉柜，浑浑而行，所过处草木尽枯。以口作吸吞状，则巨蟒恶蛇尽为舌底之水，而肉柜愈觉膨然大矣。

有常州叶某者，兄弟二人，游巴陵道上，见群蛇如风而趋，若有所避。已而腥风愈甚，二人怖避树上。少顷，见肉柜正方，如猬而无刺，身不甚大，从东方来。其弟挟矢射之，正中柜面，柜如不知，负矢而行。射者下树，将近此物之身，欲再射之，拔其矢而身已仆矣，良久不起。乃兄下树视之，尸化为黑水。

洞庭有老渔者曰："我能擒蛇王。"众大骇，问之，曰："作百余个面馒头，用长竿铁叉叉之，送当其口。彼略吸，则去之而易新者，如是数十次。其初馒头�烂如泥，已而黑，已而黄，已而微赪[1]。伺馒头之色白如故，而后众人围而杀之，如豚犬耳，不能噬人。"众试之，果如其言。

---

1. 赪（chēng）：红色。

城门面孔

　　广西府差常宁，五鼓有急务出城。抵门犹未启钥，以手扪之，软腻如人肌肤。差大骇，乘残月一线，定睛视之，则一人面塞满城门，五官毕具，双眼如箕。惊而返走。天明逐队出城，亦无他异。

匾怪

　　杭州孙秀才，夏夜读书斋中，觉顶额间蠕蠕有物。拂之，见白须万茎出屋梁匾上，有人面大如七石缸，眉目宛然，视下而笑。秀才素有胆，以手将其须，随将随缩，但存大面端居匾上。秀才加杌[1]于几视之，了无一物，复就读书，须又拖下如初。

　　如是数夕，大面忽下几案间，布长须遮秀才眼，书不可读，击以砚，响若木鱼，去。又数夕，秀才方寝，大面来枕旁，以须搔其体。秀才不能睡，持枕掷之。大面绕地滚，须飒飒有声，复上匾而没。

　　合家大怒，急为去匾，投之火。怪遂绝，秀才亦登第。

---

1. 杌（wù）：小凳子。

美人鱼人面猪

崇明打起美人鱼，貌一女子也，身与海船同大。舵工问云："失路耶？"点其头，乃放之，洋洋而去。

云栖放生处有人面猪，平湖张九丹先生见之。猪羞与人见，以头低下，拉之才见。

花魄

　　婺源士人谢某，读书张公山。早起，闻树林鸟声啁啾，有似鹦哥。因近视之，乃一美女，长五寸许，赤身无毛，通体洁白如玉，眉目间有愁苦之状，遂携以归，女无惧色。乃畜笼中，以饭喂之。向人絮语，了不可辨。畜数日，为太阳所照，竟成枯腊而死。

　　洪孝廉宇麟闻之，曰："此名花魄。凡树经三次人缢死者，其冤苦之气结成此物，沃以水犹可活也。"试之果然。里人聚观者如云而至，谢恐招摇，乃仍送之树上，须臾间，一大怪鸟衔之飞去。

狼军师

　　有钱某者，赴市归晚，行山麓间。突出狼数十，环而欲噬。迫甚，见道旁有积薪高丈许，急攀跻执橛[1]，爬上避之。狼莫能登，内有数狼驰去。少焉，簇拥一兽来，俨舆卒之舁官人者。坐之当中，众狼侧耳于其口傍，若密语俯听状。少顷，各跃起，将薪自下抽取枝条，几散溃矣。

　　钱大骇，呼救。良久，适有樵夥闻声，共喊而至，狼惊散去，而舁来之兽独存。钱乃与各樵者谛视之，类狼非狼，圆睛短颈，长喙怒牙，后足长而软，不能起立，声若猿啼。钱曰："噫！吾与汝素无仇，乃为狼军师谋主，欲伤我耶？"兽叩头哀嘶，若悔恨状。乃共挟至前村酒肆中，烹而食之。

---

1. 橛（jué）：断木。

物变

　　每年八九月间，于阗河石子化玉，采者以脚踹之。两岸卡兵传鼓，见一人伛偻俯身，必须得玉以献，否则治罪。采尽则明年复生。天大雾，则山上石变者为山料，河中石子变者为水料。

　　俄罗斯国有鸟来千群，一遇大雾，即伏地不动，化为灰鼠。其他沙鱼变虎，变鹿；两蚁相斗便化为蝇虾；爬虫变蜻蜓，为人所扑，则怒毒而变蜈蚣。

四耳猫

四川简州，猫皆四耳。有从简州来者，亲为余言。

鹏粪

康熙壬子春，琼州近海人家，忽见黑云蔽天而至，腥秽异常。有老人云："此鹏鸟过也。虑其下粪伤人，须急避之。"一村尽逃。俄而天黑如夜，大雨倾盆。次早往视，则民间屋舍尽为鹏粪压倒。从内掘出粪，皆作鱼虾腥。遗毛一根，可覆民间十数间屋，毛孔中可骑马穿走。毛色黑，如海燕状。

獭淫

獭性淫。吴越小家女人，多于水中洗亵衣。獭食之久，能为异迷人。雌者多就异类交，为异则迷惑男子，亦不遽至魅死。其雄者闻少妇亵衣气，辄缠绕不去，虽众逐击之至死，势不痿。

辛亥十一月，蔡村人娶妇。客散，婢仆各就寝。郎醉先睡。新娘闭户解带，则有物绕两足间，作鼻嗅口涎状。新娘骇怪，性颇慧，不作声，密启户告其姑，知是獭怪。新妇归房，则獭在门跪俟。随新娘绕足如故。移时，翁姑结健者十余人，各持一烛一梃[1]入房，即扃门守定，见獭共击。獭上床则上击，落地则下击，走几案则聚击，屋无完器，而獭已聚梃毙于地矣。毛黑如鉴，身长一尺五寸，势长七寸，与人无异，而肉棱甚大。剥其皮售值足偿所毁器物。其肉腥，不可食。

或曰：“獭肝髓入医经。其势异若此，可为房中药。惜医经不载，而村人皆不之知也。”

---

1. 梃（tǐng）：棍棒。

多角兽

　　僧志定居天目，言其山深处长亘一二十里，榛莽森列，无道路。产沙木可为枋[1]。豪猪多构巢树隙，为木工所患。

　　忽一年绝迹，不知所往。山民喜，乃大纵斧斤。有匠某入一荒谷，见一物为藤罥[2]死树上。视之，状如牛，而形大逾倍，遍体皆短角，长二三寸，灰黑色，如羊角，数以千计。顶上一角，红如血，长二三尺。盖巨藤多蔓大木，此兽偶从崖上误跃而入，角为藤缠，四足架空，且藤性柔韧，无所施力，卒致饿死。始知豪猪悉为所啖。究不知此兽何名。

---

1. 枋（fāng）：一种方柱形木材，可制成棺材。
2. 罥（juàn）：吊，挂。

○

章三　鬼魅

骷髅报仇

常熟孙君寿，性狞恶，好慢神虐鬼。与人游山，胀如厕，戏取荒冢骷髅，蹲踞之，令吞其粪，曰："汝食佳乎？"骷髅张口曰："佳。"君寿大骇，急走，骷髅随之，滚地如车轮然。君寿至桥，骷髅不得上。君寿登高望之，骷髅仍滚归原处。君寿至家，面如死灰。遂病，日遗矢，辄手取吞之，自呼曰："汝食佳乎？"食毕更遗，遗毕更食，三日而死。

骷髅吹气

　　杭州闵茂嘉好弈，其师孙姓者常与之弈。雍正五年六月，暑甚，闵招友五人，循环而弈。孙弈毕，曰："我倦，去东厢少睡，再来决胜。"少顷，闻东厢有叫号声，闵与四人趋视之，见孙伏地，涎沫满颐。饮以姜汁，苏。问之，曰："吾床上睡未熟，觉背间有一点冷，如胡桃大，渐至盘楪大，未几而半席皆冷，直透心骨，未得其故。闻床下咈咈然有声，俯视之，一骷髅张口隔席吹我，不觉骇绝，遂仆于地。骷髅竟以头击我，闻人来，始去。"四人咸请掘之。闵家子惧有祸，不敢掘，遂扃东厢。

胡求为鬼球

　　方阁学苞有仆胡求，年三十余，随阁学入直。阁学修书武英殿，胡仆宿浴德堂中。夜三鼓，见二人舁之阶下。时月明如昼，照见二人皆青黑色，短袖仄襟。胡恐，急走，随见东首一神，红袍乌纱，长丈余，以靴脚踢之，滚至西首。复有一神，如东首状貌衣裳，亦以靴脚踢之，滚至东首，将胡当作抛球者然。胡痛不可忍。五更鸡鸣，二神始去，胡委顿于地。明旦视之，遍身青肿，几无完肤，病数月始愈。

鬼着衣受网

庐州府舒城县乡民陈姓者妻，忽为一女鬼所凭[1]，或扼其喉，或缚其颈，旁人不能见。妇甚苦之，时将手抓领内，多出麻草绳索。夫授以桃枝一束，曰："来即击之！"鬼怒，闹更甚。夫无可奈何，乃入城求叶道士，赠以二十金，延之家中。设坛作法，布八卦阵于四方，中置小瓶，以五色纸剪成女衣十数件，置瓶侧，道士披发持咒。漏三下，妇人曰："鬼来矣，手持猪肉。"夫以桃枝迎击之，果空中坠肉数块。道士告妇人曰："如彼肯穿我纸衣，便好拿矣。"

少顷，鬼果取衣，妇故意喝曰："不许窃衣。"鬼笑曰："这样华服，理该我着。"乃尽服之。衣化为网，重重包裹，始宽后紧，遂不能出其阵中。道士书符作咒，以法水一杯当头打去，水泼而杯不破。鬼在东，杯击之于东；鬼在西，杯击之于西。杯碎而鬼头亦裂矣。

随即擒纳瓶内，封以法印五色纸，埋桃树下。复以二符入绛香末，搓为二团，付妇人曰："此鬼亦有丈夫，半月内必来复仇，以此击之，可无患矣。"越数日，果有男鬼狰狞而来，妇如其法，鬼乃逃去。

---

1. 凭：依附。此指鬼上身。

平阳令

平阳令朱铄，性惨刻。所宰邑，别造厚枷、巨梃。案涉妇女，必引入奸情讯之。杖妓，去小衣，以杖抵其阴，使肿溃数月，曰："看渠如何接客！"以臀血涂嫖客面。妓之美者加酷焉，髡其发，以刀开其两鼻孔，曰："使美者不美，则妓风绝矣。"逢同寅官，必自诧曰："见色不动，非吾铁面冰心何能如此！"

以俸满，迁山东别驾。挈眷至茌平旅店。店楼封锁甚固。朱问故，店主曰："楼中有怪，历年不启。"朱素愎，曰："何害？怪闻吾威名，早当自退！"妻子苦劝，不听。乃置妻子于别室，己独携剑秉烛坐。至三鼓，有叩门进者，白须绛冠，见朱长揖。朱叱："何怪！"老人曰："某非怪，乃此方土地神也。闻贵人至，此正群怪殄灭之时，故喜而相迎。"且嘱曰："公，少顷怪至，但须以宝剑挥之，某更相助，无不授首矣。"朱大喜，谢而遣之。

须臾，青面者、白面者以次第至。朱以剑斫，应手而倒。最后有长牙黑嘴者来，朱以剑击，亦呼痛而陨。朱喜自负，急呼店主告之。时鸡已鸣，家人秉烛来照，横尸满地，悉其妻妾子女也。朱大叫曰："吾乃为妖鬼所弄乎？"一恸而绝。

马盼盼

寿州刺史刘介石，好扶乩。牧泰州时，请仙西厅。一日，乩盘大动，书"盼盼"二字，又书有"两世缘"三字。刘大骇，以为关盼盼也。问："两世何缘？"曰："事载《西湖佳话》[1]。"刘书纸焚之，曰："可得见面否？"曰："在今晚。"果薄暮而病，目定神昏。妻妾大骇，围坐守之。灯上片时，阴风飒然，一女子容色绝世，遍身衣履甚华，手执红纱灯，从户外入，向刘直扑，刘冷汗如雨下，心有悔意。女子曰："君怖我乎？缘尚未到故也。"复从户外出，刘病稍差。嗣后意有所动，女子辄来。

刘一日寓扬州天宁寺，秋雨闷坐，复思此女，取乩焚纸。乩盘大书曰："我韦驮佛也，念汝为妖孽所缠，特来相救。汝可知天条否？上帝最恶者，以生人而好与鬼神交接，其孽在淫嗅以上。汝嗣后速宜改悔，毋得邀仙媚鬼，自戕其命。"刘悚然叩头，焚乩盘，烧符纸，自此妖绝。

---

1. 《西湖佳话》：全名《西湖佳话古今遗迹》。西湖墨浪子作于清康熙十二年，共十六卷，以平话形式写成，每卷讲述一个与西湖有关的人物故事。

数年后，阅《西湖佳话》，泰州有宋时营妓马盼盼墓，在州署之左偏。《青箱杂志》[1]载，盼盼机巧，能学东坡书法。始悟现形之妖，非关盼盼也。

---

1. 《青箱杂志》：宋代吴处厚撰，共十卷，多记宋及五代朝野杂事、诗话及掌故。

妖道乞鱼

余姊夫王贡南，居杭州之横河桥。晨出，遇道士于门，拱手曰："乞公一鱼。"贡南嗔曰："汝出家人吃素，乃索鱼肉耶？"曰："木鱼也。"贡南拒之。道士曰："公吝于前，必悔于后。"遂去。

是夜，闻落瓦声。旦视之，瓦集于庭。次夜，衣服尽入厕溷[1]中。贡南乞符于张有虔秀才家，张曰："我有二符，其价一贱一贵。贱者张之，可制之于旦夕；贵者张之，现神获怪。"贡南取贱者，归悬中堂。是夜果安。

越三日，又有老道士，形容古怪，来叩门。适贡南他适，次子后文出见，道士曰："汝家日前为某道所苦，其人即我之弟子也。汝索救于符，不如索救于我。可嘱汝父，明日到西湖之冷泉亭，大呼'铁冠'三声，我即至矣。否则符且为鬼窃去。"贡南归，后文告之。

贡南侵晨至冷泉亭，大呼"铁冠"数百声，杳无应者。适钱塘令王嘉会路过，贡南拦舆口诉原委，王疑其痴，大被诟辱。是夜，集家丁雄健者数人，护守此符。五更，窸然有声，符已不见。旦视之，几有巨人迹，长尺许。从此每夜群鬼毕集，撞门掷碗。贡南大骇，以

---

1. 溷（hùn）：茅厕。

五十金重索符于张氏，悬后，鬼果寂然。

一日，王怒其长男后曾，将杖之。后曾逃，三日不归。余姊泣不已。贡南亲自寻求，见后曾徬徨于河，将溺焉。急拉上肩舆，其重倍他日。到家，两眼瞪视，语喃喃不可辨。卧席上，忽惊呼曰："要审，要审，我即去！"贡南曰："儿何去？我当偕去。"后曾起，具衣冠，跪符下，贡南与俱。贡南无所见，后曾见一神上坐，眉间三目，金面红须，旁跪者皆渺小丈夫。神曰："王某阳寿未终，尔何得以其有畏惧之心，便惑之以死？"又曰："尔等五方小吏，不受上清敕令，乃为妖道奴仆耶？"各谢罪。神予杖三十，鬼啾啾乞哀，视其臀，作青泥色。事毕，以靴脚踢，后曾如梦之初醒，汗浃于背。嗣后家亦安宁。

水仙殿

　　杭州学院临考，诸廪生会集明伦堂，互保应试童生，号曰保结。廪生程某，在家侵晨起，肃衣冠出门，行二三里，仍还家，闭户坐，嚅嚅若与人语。家人怪之，不敢问。少顷又出，良久不归。明伦堂待保童生到其家问信，家人愕然。

　　方惊疑间，有箍桶匠扶之而归，则衣服沾湿，面上涂抹青泥，目瞪不语。灌以姜汁，涂以朱砂，始作声曰："我初出门，街上有黑衣人向我拱手，我便昏迷，随之而行。其人云：'你到家收拾行李，与我同游水仙殿，何如？'我遂拉渠到家，将随身钥匙系腰，同出涌金门，到西湖边。见水面宫殿，金碧辉煌，中有数美女，艳妆歌舞。黑衣人指向余曰：'此水仙殿也。在此殿看美女，与到明伦堂保童生，二事孰乐？'余曰：'此间乐。'遂挺身赴水。忽见白头翁在后喝曰：'恶鬼迷人，勿往勿往！'谛视之，乃亡父也。黑衣人遂与亡父互相殴击，亡父几不胜矣。适箍桶匠走来，如有热风吹入水中者。黑衣人逃，水仙殿与亡父亦不见，故得回家。"

　　家人厚谢箍桶匠，兼问所以救之之故。匠曰："是日也，涌金门内杨姓家唤我箍桶。行过西湖，天气炎热，望见地上遗伞一柄，欲往取之遮日。至伞边，闻水中有屑索声，方知有人陷水，扶之使起，而君家相公埋头欲沉，坚持许久，才得脱归。"

其妻曰："人乃未死之鬼也，鬼乃已死之人也。人不强鬼以为人，而鬼好强人以为鬼，何耶？"忽空中应声曰："我亦生员，读书者也。书云：'夫仁者，己欲立而立人，己欲达而达人。'我等为鬼者，己欲溺而溺人，己欲缢而缢人，有何不可耶？"言毕，大笑而去。

赌钱神号迷龙

李某，官缙云令，以赌博被参。然性好之，不能一日离，病危时，犹拍肘床上，作呼卢[1]声。其妻泣谏曰："气喘劳神，何苦如是！"李曰："赌非一人所能，我有朋类数人，在床前同掷骰盆，汝等特未之见耳。"已而气绝。

忽又苏醒，伸手向家人云："速烧纸锞，替还赌钱。"妻问与何人决胜，曰："阴司赌神，号称迷龙，其门下有赌鬼数千，皆受驱使。探人将托生时，便请迷龙作一花押，纳入天灵盖中。此人一落母胎，性便好赌，虽严父贤妻，万不能救。《汉书·公卿表》以博掩失侯者十余人，可见此神从古有之。或且一心贪赌，有美食而让他人食，有美妻而让他人眠，皆迷龙作祟也。但阴间赌法与世间不同，其法聚十余鬼同掷十三颗骰子，每子下盆，有五彩金色光者，便是全胜。群鬼以所蓄纸锞，全行献上。迷龙高坐抽头，以致大富。群鬼赌败穷极，便到阳间作瘟疫，诈人酒食。汝等此时烧纸钱一万，可以放我生还。"家人信之，如其言烧与之，而李竟瞑目长逝。

或曰："渠又哄得赌本，可以放心大掷，故不返也。"

---

1. 呼卢：古时一种赌博游戏。

城隍杀鬼不许为聻[1]

台州朱姓女，已嫁矣，夫外出为业。忽一日，灯下见赤脚人，披红布袍，貌丑恶，来与亵狎，且云："娶汝为妻。"妇力不能拒，因之痴迷，日渐黄瘦。当怪未来时，言笑如常，来则有风肃然，他人不见，惟妇见之。

妇姊夫袁承栋，素有拳勇。妇父母将女匿袁家，数日怪不来。月余，踪迹而至，曰："汝来藏此处乎？累我各处寻觅。及访知汝在此处，我要来，又隔一桥，桥神持棒打我，我不能过。昨日将身坐在担粪者周四桶中，才能过来。此后汝虽藏石柜中，吾能取汝。"

袁与妇商量，持刀斫之，妇指怪在西则西斫，指怪在东则东斫。一日，妇喜拍手曰："斫中此怪额角矣。"果数日不至。已而布缠其额，仍来为祟。袁发鸟枪击之，怪善于闪躲，屡击不中。一日，妇又喜曰："中怪臂矣。"果数日不来。已而布缠其臂又来，入门骂曰："汝如此无情，吾将索汝性命。"殴撞此妇，满身青肿，哀号欲绝。

女父与袁连名作状，焚城隍庙。是夜，女梦有青衣二人，持牌唤妇听审，且索差钱，曰："此场官司，我包汝必胜，可烧锡锞二千谢

---

1. 聻（jiàn）：鬼死为聻，鬼见怕之。

我。你莫赚多，阴间只算九七银二十两。此项非我独享，将替你为铺堂之用，凭汝叔绍先一同分散，他日可见个分明。"绍先者，朱家已死之族叔也。如其言，烧与之。五更，女醒曰："事已审明，此怪是东埠头轿夫，名马大。城隍怒其生前作恶，死尚如此，用大杖打四十，戴长枷在庙前示众。"从此妇果康健，合家欢喜。

未三日，又痴迷如前，口称："我是轿夫之妻张氏。汝父、汝姊夫将我夫告城隍枷责，害我忍饥独宿，我今日要为夫报仇。"以手爪搯妇眼，眼几瞎。女父与承栋无奈何，再焚一牒与城隍。是夕，女又梦鬼隶召往，怪亦在焉。城隍置所焚牒于案前，瞋目厉声曰："夫妻一般凶恶，可谓一床不出两样人矣，非腰斩不可。"命两隶缚鬼，持刀截之，分为两段，有黑气流出，不见肠胃，亦不见有血。旁二隶请曰："可准押往鸦鸣国为氄否？"城隍不许，曰："此奴作鬼便害人；若作氄，必又害鬼，可扬灭恶气，以断其根。"两隶呼长须者二人，各持大扇，扇其尸，顷刻化为黑烟，散尽不见。囚其妻，械手足，充发黑云山罗刹神处充当苦差，命原差送妇还阳。女惊而醒。

从此朱妇安然，仍回夫家，生二子一女，至今犹存。鬼所云担粪周四者，其邻也。问之，曰："果然可疑。我某日担空桶归，压肩甚重。"

陈清恪公吹气退鬼

陈公鹏年未遇时，与乡人李孚相善。秋夕，乘月色过李闲话。李故寒士，谓陈曰："与妇谋酒不得，子少坐，我外出沽酒，与子赏月。"陈持其诗卷，坐观待之。

门外有妇人，蓝衣蓬首，开户入，见陈便却去。陈疑李氏戚也，避客故不入，乃侧坐避妇人。妇人袖物来，藏门槛下，身走入内。陈心疑何物，就槛视之，一绳也，臭有血痕。陈悟此乃缢鬼，取其绳置靴中，坐如故。少顷，蓬首妇出探藏处，失绳，怒，直奔陈前，呼曰："还我物！"陈曰："何物？"妇不答，但耸立张口吹陈，冷风一阵如冰，毛发噤龤[1]，灯荧荧青色将灭。陈私念："鬼尚有气，我独无气乎？"乃亦鼓气吹妇。妇当公吹处，成一空洞，始而腹穿，继而胸穿，终乃头灭，顷刻如轻烟散尽，不复见矣。

少顷，李持酒入，大呼妇缢于床。陈笑曰："无伤也，鬼绳尚在我靴。"告之故，乃共入解救，灌以姜汤，苏。问何故寻死，其妻曰："家贫甚，夫君好客不已，头止一钗，拔去沽酒。心闷甚，客又在外，未便声张。旁忽有蓬首妇人，自称左邻，告我以夫非为客拔钗

---

1. 龤（xiè）：牙齿相磨切。

也，将赴赌钱场耳。我愈郁恨，且念夜深，夫不归，客不去，无面目辞客。蓬首妇手作圈曰：'从此入，即佛国，欢喜无量。'余从此圈入，而手套不紧，圈屡散。妇人曰：'取吾佛带来，则成佛矣。'走出取带，良久不来。余方冥然若梦，而君来救我矣。"

访之邻，数月前果缢死一村妇。

符离楚客

康熙十二年冬，有楚客贸易山东，由徐州至符离。约二鼓，北风劲甚，见道旁酒肆灯火方盛，入饮，即假宿焉。店中人似有难色，有老者怜其仓迫，谓曰："方设馔以待远归之士，无余酒饮君，右有耳房，可以暂宿。"引客进。

客饥渴甚，不能成寐。闻外间人马喧声，心疑之，起。从门隙窥。见店中匝地皆军士，据地饮食，谈说兵间事，皆不甚晓。少顷，众相呼曰："主将来矣。"远远有呵殿声，咸趋出迎候。见纸灯数十，错落而来。一雄壮长髯者下马入店，上坐。众人伺立门外。店主人具酒食上，餔啜[1]有声。毕，呼军士入曰："尔辈远出久矣，各且归队，吾亦少憩，俟文书至，再行未迟。"众诺而退。随呼曰："阿七来！"有少年军士从店左门出，店中人闭门避去。阿七引长髯者入左门，门隙有灯射出。客从右耳房潜至左门隙窥之，见门内有竹床，无睡具，灯置地上。长髯者引手撼其头，头即坠下，放置床上。阿七代捉其左右臂，亦皆坠下，分置床内外，然后倒身卧于床。阿七摇其身，自腰下对裂作两段，倒于地，灯亦旋灭。客悸甚，飞趋耳房，以

---

1. 餔啜（bū chuò）：吃喝。

袖掩面卧，辗转不能寐。

　　遥闻鸡鸣一二次，渐觉身冷。启袖，见天色微明，身乃卧乱树中，旷野无屋，亦无坟堆。冒寒行三里许，始有店。店主人方开门，迓问："客来何早？"客告以所遇，并问所宿为何地。曰："此间皆旧战场也。"

洗紫河车

　　四川酆都县皂隶丁恺，持文书往夔州[1]投递。过鬼门关，见前有石碑，上书"阴阳界"三字。丁走至碑下，摩观良久，不觉已出界外。欲返，迷路，不得已，任足而行。至一古庙，神像剥落，其旁牛头鬼蒙灰丝蛛网而立。丁怜庙中之无僧也，以袖拂去其尘网。

　　又行二里许，闻水声潺潺，中隔长河。一妇人临水洗菜，菜色甚紫，枝叶环结如芙蓉。谛视渐近，乃其亡妻。妻见丁，大惊曰："君何至此！此非人间。"丁告之故，问妻所居何处，所洗何菜，妻曰："妾亡后为阎罗王隶卒牛头鬼所娶，家住河西槐树下。所洗者即世上胞胎，俗名'紫河车'是也。洗十次者，儿生清秀而贵；洗两三次者，中常之人；不洗者，昏愚秽浊之人。阎王以此事分派诸牛头管领，故我代夫洗之。"丁问妻："可能使我还阳否？"妻曰："待吾夫归商之。但妾既为君妇，又为鬼妻，新夫旧夫，殊觉启齿为羞。"语毕，邀至其家，谈家常，讯亲故近状。

　　少顷，外有敲门者，丁惧，伏床下。妻开门，牛头鬼入，取牛头掷于几上，一假面具也。既去面具，眉目言笑宛若平人，谓其妻曰：

---

1. 夔（kuí）州：古地名，今重庆奉节县，有夔州古城。

"惫甚！今日侍阎王审大案数十，脚跟立久酸痛，须斟酒饮我。"徐惊曰："有生人气！"且嗅且寻。妻度不可隐，拉丁出叩头，告之故，代为哀求。牛头曰："是人非独为妻故将救之，是实于我有德。我在庙中蒙灰满面，此人为我拭净，是一长者，但未知阳数何如。我明日往判官处，偷查其簿，便当了然。"命丁坐，三人共饮。有看馔至，丁将举箸，牛头与妻急夺之，曰："鬼酒无妨，鬼肉不可食，食则常留此间矣。"

次日，牛头出，及暮归，欣欣然贺曰："昨查阴司簿册，汝阳数未终；且喜我有出关之差，正可送汝出界。"手持肉一块，红色臭腐，曰："以赠汝，可发大财。"丁问故，曰："此河南富人张某之背上肉也。张有恶行，阎王擒而钩其背于铁锥山。半夜肉溃，脱逃去。现在阳间，患发背疮，千医不愈。汝往，以此肉研碎敷之即愈，彼此重酬汝。"丁拜谢，以纸裹而藏之。遂与同出关，牛头即不见。

丁至河南，果有张姓患背疮，医之痊，获五百金。

空心鬼

杭州周豹先，家住东青巷。屋之大厅上，每夜立一人，红袍乌纱，长髯方面。旁侍二人，琐小猥鄙，衣青衣，听其使唤。其胸以下至肚腹，皆空透如水晶。人视之，虽隔肚腹，犹望见厅上所挂画也。

周氏郎年十四，卧病，见乌纱者呼从者谋曰："若何而害之？"从者曰："明日渠将服卢浩亭之药，我二人变作药渣伏碗中，俾渠吞入，便可抽其肺肠。"次日，卢浩亭来，诊脉毕，周氏郎不肯服药，告家人以鬼语如此。家人买一钟馗挂堂上，鬼笑曰："此近视眼钟先生，目昏昏然，人鬼不辨，何足惧哉！"盖画者戏为小鬼替钟馗取耳，钟馗忍痒，微合其目故也。

居月余，鬼又言曰："是家气运未衰，闹之无益，不如他去。"乌纱者曰："若如此空过一家，将来成例，何以得血食乎？"抡其指曰："今已周年，可索一属猪者去。"未几，果一奴属猪者死，而主人愈。周氏家人至今呼为空心鬼。

画工画僵尸

　　杭州刘以贤，善写照。邻人有一子一父而居室者，其父死，子外出买棺，嘱邻人代请以贤为其父传形。

　　以贤往，入其室，虚无人焉。意死者必居楼上，乃蹑梯登楼，就死人之床，坐而抽笔。尸忽蹶然起，以贤知为走尸，坐而不动，尸亦不动，但闭目张口，翕翕然眉撑肉皱而已。以贤念，身走则尸必追，不如竟画。乃取笔申纸，依尸样描摹。每臂动指运，尸亦如之。以贤大呼，无人答应。

　　俄而其子上楼，见父尸起，惊而仆。又一邻上楼，见尸起，亦惊滚落楼下。以贤窘甚，强忍待之。

　　俄而抬棺者来，以贤徐记尸走畏苕帚，乃呼曰："汝等持苕帚来！"抬棺者心知有走尸之孽，持帚上楼，拂之，倒。乃取姜汤灌醒仆者，而纳尸入棺。

羊践前缘

康熙五十九年，山东巡抚李公树德生日，司、道各具羊酒为寿。连日演戏，诸幕客互相娱宴，彻夜不卧。有刑名张先生，酒酣逃席，入房将就寝。闻纱帐内嗫嗫有声，若男女交媾状。怒以为他幕客昵优童，借其床为淫所。大呼揭帐，则两白羊跪而人淫，即群官送礼之羊也，见人惊散。张笑以为奇，遍告同人。

少顷，张昏迷仆地，以手自批其颊，骂曰："老奴可恶，我与谢郎生死因缘，隔四百七十年方得一聚，谈何容易，又被汝惊散。破人婚姻，罪不可饶！"言毕，又自批颊。抚军闻之来视，笑慰之曰："谢家娘子，何必如此？吾生日本意放生行善，今将尔等数百只尽行放生，听汝配偶，以了凤缘，何如？"张听毕，叩首曰："谢大人！"跃然起矣。

此事梁瑶峰相公言。

义犬附魂

京中常公子某，少年貌美。爱一犬，名花儿，出则相随。春日丰台看花，归迟人散，遇三恶少方坐地轰饮。见公子美，以邪语调之。初而牵衣，继而亲嘴。公子羞沮遮拦，力不能拒。花儿咆哮，奋前咬噬。恶少怒，取巨石击之，中花儿之头，脑浆迸裂，死于树下。

恶少无忌，遂解带缚公子手足，剥去下衣，两恶少踏其背，一恶少褪裤，按其臀将淫之。忽有癞狗从树林中突出背后，咬其肾囊，两子齐落，血流满地。两恶少大骇，拥伤者归。随后有行人过，解公子缚，以下衣与之，始得归家。

心感花儿之义，次日往收其骨，为之立冢。夜梦花儿来作人语曰："犬受主人恩，正欲图报，而被凶人打死。一灵不昧，附魂于豆腐店癞狗身上，终杀此贼。犬虽死，犬心安矣。"言毕，哀号而去。

公子明日访至卖腐家，果有癞狗。店主云："此狗奄奄，既病且老，从不咬人。昨日归家，满口是血，不解何故。"遣人访之，恶少到家死矣。

钉鬼脱逃

句容捕者殷乾,捕贼有名,每夜伺人于阴僻处。将往一村,有持绳索者贸贸然急奔,冲突其背。殷私忆此必盗也,尾之至一家,则逾垣入矣。殷又私忆捕之不如伺之:捕之不过献官,未必获赏;伺其出而劫之,必得重利。

俄闻隐隐然有妇女哭声,殷疑之,亦逾垣入,见一妇梳妆对镜,梁上有蓬头者,以绳钩之。殷知此乃缢死鬼求代耳,大呼破窗入。邻右惊集,殷具道所以,果见妇悬于梁,乃救起之。妇之公姑咸来致谢,具酒为款。散后,从原路归,天犹未明。背簌簌有声,回顾则持绳鬼也,骂曰:"我自取妇,干汝何事,而破我法!"以双手搏之。殷胆素壮,与之对搏,拳所着处,冷且腥。天渐明,持绳者力渐惫,殷愈奋勇,抱持不释。路有过者,见殷抱一朽木,口喃喃大骂,上前谛视,殷恍如梦醒,而朽木亦坠地矣。殷怒曰:"鬼附此木,我不赦木。"取钉钉之庭柱,每夜闻哀泣声不胜痛楚。

过数夕,有来共语者、慰唁者、代乞恩者,啾啾然声如小儿,殷皆不理。中有一鬼曰:"幸主人以钉钉汝,若以绳缚汝,则汝愈苦矣。"群鬼噪曰:"勿言,勿言!恐泄漏机关,被殷学乖。"次日,殷以绳易钉如其法。至夕,不闻鬼泣声。明旦视朽木,竟遁去。

鬼乖乖

金陵葛某，嗜酒而豪，逢人必狎侮之。清明与友四五人游雨花台，台旁有败棺，露见红裙，同人戏曰："汝逢人必狎，敢狎此棺中物乎？"葛笑曰："何妨？"往棺前以手招曰："乖乖吃酒！"如是者再，群客服其胆大，笑而散。

葛暮归家，背有黑影尾之，声啾啾曰："乖乖来吃酒。"葛知为鬼，虑避之则气先馁，乃向后招呼曰："鬼乖乖随我来！"径往酒店，上楼，置一酒壶、两杯，向黑影酬劝。旁人无所见，疑有痴疾，听其所为。共饮良久，乃脱帽置几上，谓黑影曰："我下楼小便，即来奉陪。"黑影者首肯之。葛急趋出归家。

酒保见客去遗帽，遂窃取之。是夕为鬼缠绕，口喃喃不绝，天明自缢。店主人笑曰："认帽不认貌，乖乖不乖。"

冒失鬼

相法：瞳神青者能见妖，白者能见鬼。杭州三元坊石牌楼旁居老妪沈氏，素能见鬼。常言：十年前见一蓬头鬼，匿牌楼上石绣球中，手执纸钱为标，长丈余，累累若贯珠。伺人过牌楼下，暗掷标打其头，人辄作寒噤，毛孔森然，归家即病，必向空中祈祷或设野祭方愈。蓬头鬼借此伎俩，往往醉饱。

一日，有长大男子，气昂昂然，背负钱镪而过。蓬头鬼掷以标，男子头上忽发火焰，冲烧其标线，层层裂断。蓬头鬼自牌楼上颠仆，滚绣球而下，喷嚏不止，化为黑烟散去，负钱之男子全不知也。自此三元坊石牌楼无复作祟矣。吾友方子云闻之，笑曰："作鬼害人，亦须看风色；若蓬头鬼者，其即世所称之冒失鬼乎？"

医肺痈用白术[1]

　　蒋秀君精医理，宿粤东古庙中。庙多停枢，蒋胆壮，即在枢前看书。夜灯忽绿，枢之前和橐然落地，一红袍者出，立蒋前曰："君是名医，敢问肺痈可治乎？不可治乎？"曰："可治。""治用何药？"曰："白术。"红袍人大哭曰："然则我当初误死也。"伸手胸前，探出一肺如斗大，脓血淋漓。蒋大惊，持手扇击之。家僮齐来，鬼不见，而枢亦如故。

---

1. 白术（zhú）：一种菊科多年生草本植物，常用作中药药材。

一目五先生

　　浙中有五奇鬼，四鬼尽瞽，惟一鬼有一眼，群鬼恃以看物，号"一目五先生"。遇瘟疫之年，五鬼联袂而行，伺人熟睡，以鼻嗅之。一鬼嗅则其人病，五鬼共嗅则其人死。四鬼怅怅然，斜行踯躅，不敢作主，惟听一目先生之号令。

　　有钱某宿旅店中，群客皆寐，己独未眠。灯忽缩小，见五鬼排跳而至。四鬼将嗅一客，先生曰："此大善人也，不可。"又将嗅一客，先生曰："此大有福人也，不可。"又将嗅一客，先生曰："此大恶人也，更不可。"四鬼曰："然则先生将何餐？"先生指二客曰："此辈不善不恶，无福无禄，不啖何待？"四鬼即群嗅之，二客鼻声渐微，五鬼腹渐膨亨矣。

治鬼二妙

　　娄真人劝人遇鬼勿惧，总以气吹之，以无形敌无形，鬼最畏气，转胜刀棍也。张岂石先生云："见鬼勿惧，但与之斗；斗胜固佳，斗败，我不过同他一样。"

官癖

　　相传南阳府有明季太守某，殁于署中。自后其灵不散，每至黎明发点时，必乌纱束带，上堂南向坐。有吏役叩头，犹能颔之，作受拜状。日光大明，始不复见。

　　雍正间，太守乔公到任，闻其事，笑曰："此有官癖者也，身虽死，不自知其死故耳。我当有以晓之。"乃未黎明即朝衣冠，先上堂南向坐。至发点时，乌纱者远远来，见堂上已有人占坐，不觉趑趄不前，长吁一声而逝，自此怪绝。

奇鬼眼生背上

费密，字此度，四川布衣。有"大江流汉水，孤艇接残春"之句，为阮亭尚书所称，荐与杨将军名展者，从征四川。过成都，寓察院楼中。人相传此楼有怪，杨与李副将俱不信，拉费同宿。费不能无疑，张灯按剑，端坐帐中。

三鼓后，楼下橐橐[1]有声，一怪蹑梯而上。灯下视之，有头面，无眉目，如枯柴一段，直立帐前。费拔剑斫之，怪退缩数步，转身而走，有一眼竖生背上，长尺许，金光射人。渐行至杨将军卧所，揭其帐，转背放光射之。忽见将军两鼻孔中亦有白气二条，与怪所吐之光相为抵拒。白气愈大，则金光愈小，旋滚至楼下而灭。杨将军终不知也。未几，又闻梯响，怪仍上楼，趋李副将所。副将方熟睡，鼾声如雷。费以为彼更勇猛，尤可无虞。忽闻大叫一声，视之，七窍流血死矣。

---

1. 橐橐（tuó）：形容步履声。

两僵尸野合

有壮士某，客于湖广，独居古寺。一夕，月色甚佳，散步门外。见树林中隐隐有戴唐巾飘然来者，疑其为鬼。旋至松林最密中，入一古墓，心知为僵尸。素闻僵尸失棺上盖，便不能作祟。

次夜，先匿于树林中，伺尸出，将窃取其盖。二更后，尸果出，似有所往。尾之，至一大宅门外。其上楼窗中，先有红衣妇人掷下白练一条，牵引之，尸攀援而上，作絮语声，不甚了了。壮士先回，窃其棺盖藏之，仍伏于松深处。夜将阑，尸匆匆还，见棺失盖，窘甚，遍觅良久，仍从原路踉跄奔去。

再尾之，至楼下，且跃且鸣，嗒嗒有声。楼上妇亦相对嗒嗒，以手摇拒，似讶其不应再至者。鸡忽鸣，尸倒于路侧。

明早，行人尽至，各大骇。同往楼下访之，乃周姓祠堂，楼停一枢，有女僵尸，亦卧于棺外。众人知为僵尸野合之怪，乃合尸于一处而焚之。

狐仙自缢

　　金陵评事街张姓，屋西书楼三间，相传有缢死鬼，人不敢居，封锁甚密。一日，有少年书生盛衣冠而来，求寓其家。张辞以家无空屋，书生愠曰："汝不借我，我自来居，日后冒犯无悔。"张闻其言，知为狐仙，诡云："西边书房三间，可以奉借。"因此房有鬼，私心欲狐仙居，为之驱除，然口不言其故。书生喜，揖谢而去。

　　次日，闻楼中有笑语声，连日不断。张知狐仙已来，日具鸡酒供之。未半月，楼上寂然无声。张疑狐仙已去，将重封锁其门。上楼视之，有黄色狐自缢于梁上。

淘气

永州守恩公之奴，年少狡黠，取名"淘气"。服事书房，见檐前流萤一点，光大如鸡卵，心异之。时天暑，赤卧床上，觉阴处蠕蠕有物动。摸视之，即萤火也，笑曰："幺麽[1]小虫，亦爱此物耶？"引被覆身而睡。夜半，有人伸手被中，扪其阴，且捋其棱角，按其马眼。其时身欲转折，竟不能动，似有人来交接者，良久精遗矣。

次日身颇倦惫，然冥想其趣，欲其再至，不以告人。日暮浴身，裸以俟之。二更许，萤火先来，光愈大，照见一女甚美，冉冉而至。奴大喜，抱持之，遂与绸缪，叩其姓氏，曰："妾姓姚，父某，为明季知府，曾居此衙。妾年十八，以所慕不遂，成瘵而死。生时酷爱梨花，断气时嘱老母即葬此园梨树下。爱卿年少，故来相就。"奴方知其为鬼，举枕投之，大呼而出，径叩宅门。宅中妇女疑为火起，争起开门，见其赤身，俱不敢前。主人自出，叱而问之，奴以实告。乃命服以朱砂，且为着裤。

次日掘梨树下，果得一朱棺，剖而视之，女色如生，乃焚而葬之。奴自此恂恂，不复狡黠。伙伴笑曰："人不可不遇鬼，淘气遇鬼，不复淘气矣。"

---

1. 幺麽（mó）：形容微小。

白骨精

处州地多山。丽水县在仙都峰之南，土人耕种，多有开垦到半山者。山中多怪，人皆早作早休，不敢夜出。时值深秋，有田主李某到乡刈[1]稻，独住庄房，土人恐其胆怯，不敢以实告，但戒昏夜勿出。

一夕，月色甚佳，主人闲步前山，忽见一白物，躃踊[2]而来，稜嶒[3]有声，状甚怪。因急回寓，其物已追踪而至。幸庄房门有半截栅栏，可推而进，怪不能越。主人进栅胆壮，月色甚明，从栅缝中细看，乃是一髑髅，咬撞栅门，腥臭不可当。

少顷鸡鸣，见其物倒地，只白骨一堆，天明亦不复见。问之土人，曰："幸足下遇白骨精，故得无恙。若遇白发老妇，假开店面，必请足下吃烟。凡吃其烟者，从无生理。月白风清之夜，常出作祟，惟用苕帚可以击倒之。亦终不知何怪。"

---

1. 刈（yì）：割。
2. 躃踊（bì yǒng）：亦作"躄踊"，跳跃。
3. 稜嶒（léng céng）：高耸突兀，峥嵘。此处形容面目狰狞凶恶。

娄真人错捉妖

松江御史张忠震，甲辰进士。书房卧炕中，每夜鼠斗，作闹不止。主人厌其烦，烧爆竹逐之不去，打以火枪亦若不知。张疑炕中有物，毁之，毫无所见。

书室后为使女卧房，夜见方巾黑袍者来与求欢，女不允，旋即昏迷，不省人事。主人知之，以张真人玉印符放入被套，覆其胸。是夕鬼不至；次日又来作闹，剥女下衣，污秽其符。张公怒，延娄真人设坛作法。三日后，擒一物如狸，封入瓮中，合家皆以为可安。是夜，其怪大笑而来，曰："我兄弟们不知进退，竟被道士哄去，可恨！谅不敢来拿我。"淫纵愈甚。

主人再谋之娄。娄曰："我法只可行一次，第二次便不灵。"张无奈何，每晚将此女送入城隍庙中，怪乃去；一回家，则又至矣。

越半年，主人深夜与客弈棋。天大雪，偶推窗漱口，见窗外一物，大如驴，脸黑眼黄，蹲伏阶下。张吐水正浇其背，急跳出窗外逐之，怪忽不见。次早，女告主人曰："昨夜怪来，自言被主人看见，天机已露，请从今日去矣。"自此怪果绝。

旱魃

乾隆二十六年，京师大旱。有健步张贵，为某都统递公文，至良乡。漏下[1]出城，行至无人处，忽黑风卷起，吹灭其烛，因避雨邮亭。有女子持灯来，年可十七八，貌殊美，招至其家，饮以茶，为缚其马于柱，愿与同宿。健步喜出望外，绸缪达旦。鸡鸣时，女披衣起，留之不可。健步体疲，乃复酣寝，梦中觉露寒其鼻，草刺其口。天色微明，方知身卧荒冢间，大惊。牵马，马缚在树上，所投文书，已误限期五十刻。

官司行查至本都统，虑有捺搁情弊。都统命佐领严讯，健步具道所以。都统命访其坟，知为张姓女子，未嫁与人通奸，事发，羞忿自缢，往往魔祟路人。

或曰："此旱魃也。猱[2]形披发，一足行者，为兽魃；缢死尸僵，出迷人者，为鬼魃。获而焚之，足以致雨。"乃奏明启棺，果一僵女，尸貌如生，遍体生白毛。焚之，次日大雨。

---

1. 漏下：漏刻的水面已经下落，指时间已晚。
2. 猱（náo）：古书上说的一种猴。

丁大哥

康熙间，扬州乡人俞二，耕种为生。入城取麦价，铺户留饮，回时已迟，途径昏黑。行至红桥，有小人数十，扯拽之。俞素知此地多鬼，然胆气甚壮，又值酒酣，奋拳殴击，散而复聚者数次。闻鬼语曰："此人凶勇，非我辈所能制，必请丁大哥来，方能制他。"遂哄然去。

俞心揣丁大哥不知是何恶鬼，但已至此，惟有前进。方过桥，见一鬼长丈许，黑影中仿佛见其面色青紫，狰狞可畏。俞念动手迟则失势难脱，不若乘其未至迎击之。解腰间布裹钱二千文，迎面打去，其鬼随手倒地，触街石上，铿然有声。俞以足踏之，渐缩渐小，其质甚重。

牢握归家，灯下照视，乃古棺上一大铁钉也。其长二尺，粗如巨指，入火镕之，血涔涔出。俞召诸友，笑曰："丁大哥之力量不如俞二哥也。"

鬼市

　　汪太守仆人李五，由潞河赴京。畏暑，至晚步行，计天晓可进城。夜半，见途中街市甚盛，肆中食物正熟，面饭蒸食，其气上腾。腹且馁，入肆中啖之，酬值而出。

　　及晓，遥望见京城，猛忆潞河至京四十里，其间不过花园打尖草舍一二家，何以昨夕有街市如此盛耶？顿觉胸次不快，俯而呕之，蠕蠕然在地跳跃。谛视之，乃虾蟆也，蚯蚓蟠结甚多。心甚恶之，然亦无他患。又数岁乃卒。

犼

　　常州蒋明府言：佛所骑之狮、象，人所知也；佛所骑之犼，人所不知。犼乃僵尸所变。

　　有某夜行，见尸启棺而出，某知是僵尸，俟其出，取瓦石填满其棺，而己登农家楼上观之。将至四更，尸大踏步归，手若有所抱持之物。到棺前，不得入，张目怒视，其光眈眈。见楼上有人，遂来寻求，苦腿硬如枯木，不能登梯，怒而去梯。某惧，不能下，乃攀树枝，夤缘而坠。僵尸知而逐之。某窘急，幸平生善泅，心揣尸不能入水，遂渡水而立。尸果踯躅良久，作怪声哀号，三跃三跳，化作兽形而去。地下遗物，是一孩子尸，被其咀嚼，只存半体，血已全枯。

　　或曰：尸初变旱魃，再变即为犼。犼有神通，口吐烟火，能与龙斗，故佛骑以镇压之。

旱魃有三种

一种似兽，一种乃僵尸所变，皆能为旱，止风雨。惟上上旱魃名"格"，为害尤甚。似人而长，头顶有一目，能吃龙，雨师皆畏之。见云起，仰首吹嘘，云即散，而日愈烈。人不能制。或云：天应旱，则山川之气融结而成；忽然不见，则雨。

银伥

人但知虎有伥，不知银亦有伥。

朱元芳家于闽，在山峪中得窖金银归，忽闻秽臭不可禁，且人口时有瘛瘲[1]。长老云：是流贼窖金时，常困苦一人，至求死不得，乃约之曰："为我守窖否？"其人应许，闭之窖中。凡客遇金者，祭度而后可得。朱氏如教，乃祝曰："汝为贼守久，我得此金，当超度汝。"已而秽果净，病亦已。朱氏用富。

有中表周氏，亦得金银归，度终不能久也，反其金窖中。汤某为作《银伥》诗曰："死仇为仇守，尔伥何其愚。试语穴金人，此术定何如？"

---

1. 瘛瘲（chì jué）：痉挛，昏厥。

文人夜有光

爱堂先生言：闻有老学究夜行，忽遇其亡友。学究素正直，亦不怖畏，问："君何往？"曰："吾为冥吏，至南村有所勾摄，适同路耳。"因并行。

至一破屋，鬼曰："此文士庐也，不可往。"问何以知之，曰："凡人白昼营营，性灵汩没。惟睡时一念不生，元神朗澈，胸中所读之书，字字皆吐光芒，自百窍而出。其光缥缈缤纷，烂如锦绣。学如郑、孔，文如屈、宋、班、马者，上烛霄汉，与星月争耀。次者数丈，次者数尺，以渐而差，极下者亦荧荧如一灯，照映户牖。人不能见，惟鬼神见之。此室上光芒高七八尺，以是知为文士。"

学究问："我读书一生，睡中光芒当几许？"鬼嗫嚅良久，曰："昨过君塾，君方昼寝。见君胸中高头讲章一部，墨卷五六百篇，经文七八十篇，策略三四十篇，字字化为黑烟，笼罩屋上。诸生诵读之声，如在浓云密雾中。实未见光芒，不敢妄语。"学究怒叱之，鬼大笑而去。

虎伥

　　新安程生名敦，有族人家深山中，后圃园亭颇有幽趣，生往候之。迨晚则键庄门，盖其地有虎也。

　　一日初更时，月色微明，狂风骤作。一僮欲请钥出户，侪辈止之，不可。主人亲晓谕之。僮不得已，私欲越垣而出，以高峻不得升。忽闻垣外有虎啸声，主人乃令众仆挟持此僮，颠狂撞叫，不省人事。

　　生知有异，亲登小楼觇之，则见有一短颈人在垣外，以砖击垣；每击，则此僮辄叫呼欲出，不击乃定。生及主人皆知必虎伥也，乃持此僮愈力。僮叫呼良久，忽变作豕声，便溺俱下，其矢亦成猪矢矣。园中之人大惊。至五鼓，此僮睡去。

　　天晓时，生及主人复登楼觇，则见一虎自西边丛薄中跃去，而伥不复见矣。

掠剩鬼

广陵法云寺僧珉楚，常与中山贾人章某亲狎。章死，楚为设斋诵经。

数月，忽遇章于市，楚未食，章即延入饭店，为置胡饼。既食，楚问："君已死，那得在此？"章曰："吾以小罪未免，今配为扬州掠剩鬼。"问："何谓掠剩鬼？"曰："凡吏人贾贩，利息皆有数。过常数得之，即为余剩，吾得掠而有之。今人间如吾辈甚多。"因指路人曰："某某皆是。"顷之，有一僧过，指曰："此僧亦是。"因召至与语，良久，僧亦不见。

楚与章南行，遇一妇人卖花，章曰："此妇人亦鬼，所卖花亦鬼所用之花，人间无用。"章出数钱买之，以赠楚曰："凡见此花而笑者，皆鬼也。"即辞告而去。其花红芳可爱而甚重，楚亦昏然而归。路中人见花，颇有笑者。至寺北门，自念吾与鬼同游，复持鬼花，殊觉不祥，即掷花沟中，溅水有声。

既归，同院人觉其色甚异，以为中恶，竞持汤药救之。良久乃苏，具言其故。因相与复视其花，乃一死人手也。

魍魉

　　山阴高进士之父某翁未遇时，以佣为生。暮归，值长鬼立路侧，倚人屋，腰靠檐上。翁立俟之。鬼手捧一孩子而祝之曰："我欲食尔。尔宜为九品官，有田三千亩，屋九椽，男子二人。我即欲食汝，心不忍食。"遂置之瓦上，回身欲走，则见翁。翁被酒，且立久，绝无恐。心计：渠尚不食小康孩子，我苟不至饿死，渠岂能食我，我何畏渠？乃谓之曰："吾闻神之长者为魍魉，能富贵人，我将乞汝致富。"鬼拂袖令翁去。翁固求。鬼探袖得绳，缚竹杆一枝，若秤物具。翁再索锤，则鬼拂衣竟去。翁归告妇，取梯抱儿下。

　　翌日，里许有冯村人姓冯者，失其子，遍觅不得。高翁出儿，而告以鬼语。冯父乃拜翁，呼为"外父"。后冯果为山西巡检，田庐如魍魉言。高亦自此致富，子发科甲矣。

● 章四

奇人

大乐上人

　　洛阳水陆庵僧，号大乐上人，饶于财。其邻人周其，充县役，家贫，承催税租，皆侵蚀之。每逢比期，辄向上人借贷，数年间积至七两。上人知其无力偿还，不复取索。役颇感恩，相见必曰："吾不能报上人恩，死当为驴马以报。"

　　居无何，晚有人叩门甚急，问为谁，应声曰："周某也，来报恩耳。"上人启户，了不见人，以为有相戏者。是夜，所畜驴产一驹。明且访役，果死。上人至驴旁，产驹奋首翘足，若相识者。

　　上人乘之一年，有山西客来宿，爱其驹，求买之。上人弗许，不忍明言其故。客曰："然则借我骑往某县一宿可乎？"上人许之。客上鞍揽辔，笑曰："吾诈和尚耳。我爱此驴，骑之未必即返，我已措价置汝几上，可归取之。"不顾而驰。上人无可奈何，入房视之，几上白金七两，如其所负之数。

叶老脱

有叶老脱者，不知其由来，科头跣足[1]，冬夏一布袍，手挈竹席而行。尝投维扬旅店，嫌房客嘈杂，欲择洁地。店主指一室曰："此最静僻，但有鬼，不可宿。"叶曰："无害。"径自扫除，摊竹席于地。

夜卧至三鼓，门忽开，见有妇人系帛于项，双眸抉出，悬两颐下，伸舌长数尺，彳亍[2]而来。旁有无头鬼，手提两头继至。尾其后者：一鬼遍体皆黑，耳目口鼻甚模糊；一鬼四肢黄肿，腹大于五石瓠。相诧曰："此间有生人气，当共搜之。"群作搜捕状，卒不得近叶。一鬼曰："明明在此，而搜之不得，奈何？"黄胖者曰："凡吾辈之所以能摄人者，以其心怖而魂先出也。此人盖有道之士，心不怖，魂不离体，故仓猝不易得。"群鬼方徬徨四顾，叶乃起坐席上，以手自表曰："我在此。"群鬼惊悸，齐跪地下。叶一一讯之。妇人指三鬼曰："此死于水者，此死于火者，此盗杀人而被刑者，我则缢死此室者也。"叶曰："若辈服我乎？"皆曰："然。"曰："然则各自投生，勿在此作祟。"各罗拜去。

迨晓，为主人道其事。嗣后此室宴然。

---

1. 科头跣足：不戴帽子，光着脚。
2. 彳亍（chì chù）：缓慢行走。

三头人

康熙时，吴逆为乱，道路断绝。有湖州客张氏兄弟三人，在云南逃归。从蒙乐山之东，步行十昼夜，遂迷失道，采木叶草根食之。晨行旷野，忽大风西来，如海潮江涛之声。三人惧，登高丘望之。见一黑牛，身大于象，踉跄而过，草木为之披靡。

暮无投宿所，望前大树下，若有屋宇者，趋之。屋甚宏敞，中一丈夫走出，身长丈余，颈上三头。每作语，则三口齐响，清亮可辨，似中州人音。问三人何来，俱以实告。三头人曰："汝步行迷道，得毋饥乎？"三人拜谢。随呼其妹，为客煮饭，意颇殷勤。妹应声来，亦三头女子也。视张兄弟而笑，语其兄曰："此三君，其长者可长寿，其两弟虑不免于难。"张兄弟饭毕，三头丈夫折树枝与之，曰："以此映日影而行，可当指南车也。但此去所过庙宇，可住宿，不可撞其钟鼓。须紧记之。"三人遂行。

次日，入乱山中，有古庙可憩。三人坐檐下，乌鸦群飞，来啄其顶。张怒，取石子击之，误触庙中钟，铿然作声。两夜叉跳出，取其两弟，擘而食之。又将及张，忽闻风涛声，有大黑牛漓然而至，与两夜叉角斗。移时，夜叉败走。张乃脱逃，行数十日，始得归里。

摸龙阿太

　　杭州少宰姚公三辰，以外科医术世其家。相传少宰之祖，半夜采药归，过西溪，醉坠于涧。以手据石，滑软有涎，旋即蠕蠕而动，惊以为蛇。少顷，负姚而上，两目如灯，照见头有须角，委姚地上，腾空去，始知乃龙也。姚两手触涎处，香数月不散。以之撮药，应手而愈。子孙相传呼为"摸龙阿太"，又号曰"姚篮儿"，以其采药持篮故也。每愈人病，不受谢，故孙位至二品，人以为阴德之报。

道士取葫芦

秀水祝宣臣，名维诰，余戊午同年也。其尊人某，饶于财。

一日，有长髯道士叩门求见。主人问："法师何为来？"曰："我有一友，现住君家，故来相访。"祝曰："此间并无道人，谁为君友？"道士曰："现在观稼书房之第三间。如不信，烦主人同往寻之。"

祝与同往，则书房挂吕纯阳像。道士指笑曰："此吾师兄也。偷我葫芦，久不见还，故我来索债。"言毕，伸手向画上作取状，吕仙亦笑以葫芦掷还之。主人视画上，果无葫芦矣。大惊，问："取葫芦何用？"道士曰："此间一府四县，夏间将有大疫，鸡犬不留。我取葫芦炼仙丹，救此方人。能行善者，以千金买药备用，不特自活，兼可救世，立大功德。"因出囊中药数丸示主人，芬芳扑鼻，且曰："今年八月中秋月色大明时，我仍来汝家，可设瓜果待我。此间人民，恐少一半矣。"祝心动，曰："如弟子者，可行功德乎？"曰："可。"乃命家僮以千金与之。道士束负腰间，如匹布然，不觉其重，留药十丸，拱手别去。祝举家敬若神明，早晚礼拜。

是年，夏间无疫，中秋无月，且风雨交加，道士亦杳不至。

鬼有三技过此鬼道乃穷

蔡魏公孝廉常言：鬼有三技，一迷、二遮、三吓。

或问："三技云何？"云："我表弟吕某，松江廪生，性豪放，自号'豁达先生'。尝过泖湖西乡，天渐黑，见妇人面施粉黛，贸贸然持绳索而奔。望见吕，走避大树下，而所持绳则遗坠地上。吕取观，乃一条草索，嗅之，有阴霾之气，心知为缢死鬼，取藏怀中，径向前行。其女出树中，往前遮拦，左行则左拦，右行则右拦。吕心知俗所称'鬼打墙'是也，直冲而行。鬼无奈何，长啸一声，变作披发流血状，伸舌尺许，向之跳跃。吕曰：'汝前之涂眉画粉，迷我也；向前阻拒，遮我也；今作此恶状，吓我也。三技毕矣，我总不怕，想无他技可施。尔亦知我素名豁达先生乎？'

"鬼仍复原形，跪地曰：'我城中施姓女子，与夫口角，一时短见自缢。今闻泖东某家妇，亦与其夫不睦，故我往取替代。不料半路被先生截住，又将我绳夺去，我实在计穷，只求先生超生。'吕问作何超法，曰：'替我告知城中施家，作道场，请高僧，多念《往生咒》，我便可托生。'吕笑曰：'我即高僧也。我有《往生咒》，为汝一诵。'即高唱曰：'好大世界，无遮无碍。死去生来，有何替代！要走便走，岂不爽快！'鬼听毕，恍然大悟，伏地再拜，奔趋而去。

"后土人云：此处向不平静，自豁达先生过后，永无为祟者。"

三斗汉

　　三斗汉者，粤之鄙人也。其饭须三斗粟乃饱，人故呼为"三斗汉"。身长一丈，围抱不周，须虬面黑，乞食于市，所得莫能果腹。

　　一日，之惠州，戏于提督军门外，双手挈二石狮去。提督召之，则仍双挈石狮而来。提督命五牛曳横木于前，三斗汉挽其后，用鞭鞭牛，牛奋欲奔，终不能移尺寸。提督奇其力，赏食马粮，使入伍学武。乃跪求云："小人食需三斗粟，愿倍其粮。"提督许之。习武有年，驰马辄坠，箭发不中，乃改步卒，郁郁不得志而归。

　　游于潮州，值潮之东门修湘子桥，桥梁石长三丈余，宽厚皆尺五，众工构天架，数十人挽之莫能上。三斗汉从旁笑曰："如许众人，赪面汗背，犹不能升一条石块耶？"众怒其妄，命试之。遂登架独挽而上，众股栗。

　　桥洞故有百数，辛卯年圮其三。郡丞范公捐俸倡修，见此人能独挽巨石，费省工速，遂命尽挽其余，赏钱数十千。不一月，食尽去，莫知所之。或云饿死于澄江。

人虾

　　国初，有前明逸老某，欲殉难，而不肯死于刀绳水火。念乐死莫如信陵君以醇酒妇人自戕，仿而为之。多娶姬妾，终日荒淫。如是数年，卒不得死。但督脉断矣，头弯背驼，伛偻如熟虾，匍匐而行。人戏呼之曰"人虾"。如是者二十余年，八十四岁方死。王子坚先生言幼时犹见此翁。

鸭嬖[1]

　　江西高安县僮杨贵，年十九岁，微有姿，性柔和，有狎之者，都无所拒。一日夏间浴于池中，忽一雄鸭飞起，啮其臀而以尾扑之，作抽叠状，击之不去。须臾死矣，尾后拖下肉茎一缕，臊水涓涓然。合署人大笑，呼杨为"鸭嬖"。

---

1. 嬖（bì）：宠幸。

葛道人以风洗手

　　葛道人者,杭州仁和人,家素小康,性好道。年五十外,分家赀半以与子,而挟其半以游。过钱塘江,将取道入天台山。路遇一叟,拱手曰:"子有道骨,盍学道?"葛与谈甚悦。叟曰:"某福建人也,明习天文,曾官于钦天监,辞官归二十年矣。子如不弃,明春当候子于家。"写居址与之。

　　葛次年如期往访,不遇,怅怅欲回。晚入旅店,又见一道士,貌伟神清,终夕不发一语。葛就而与谈,自陈为访仙故来。道士曰:"子果有志,吾荐子入庐山,见吾师兄云林先生,可以为子师。"葛求荐书而往,行深山中十余日,不见踪迹,心窃疑之。

　　一日,见山洞中坐一老人,以手招风作盥沐状。葛异之,因陈道人书,拜于座下。老人曰:"汝来太早矣!尚有人间未了缘三十年。吾且与汝经一卷、法宝一件,汝出山诵经守宝,以济世人。三十年后再入山,吾传汝道可也。"葛问以手招风何为,曰:"修神仙术成者,食不用火,沐不用水,招风所以洗手也。"因导葛出山,行未半日,已至南昌大路矣。

　　至家,葛道人学其术,能治鬼服妖。所谓法宝者,乃一鹅子石,有缝,颇似人眼,有光芒,能自动闪闪如交睫。然葛亦不轻以示人也。

纣之值殿将军

天台僧智果，好游。山行迷路，至大石洞，坐一道者，萝衣薜裳。僧跪而请曰："某幸遇仙人，愿受教。"道者曰："予人也，非仙也。子来胡为？"僧曰："某入山已数日，腹枵[1]甚，敢有云浆之请！"道者曰："子姑待，吾往后山觅之。"去有顷，携一物来，状轮囷而色鲜白。道者破之，自吸其浆，以其余授僧，曰："此千年茯苓也。"因令僧坐，问："岳飞将军安否？秦桧死否？"僧曰："此宋朝事也。今易代数百年，为大清矣。"因告以《宋史》所载岳事颠末。道者惨然曰："岳将军终不免乎！"遂大哭曰："吾姓周名通，岳将军麾下小将也。当秦桧以金牌召岳时，我知有难，遂逃于此，食灵草得不死。我师教勿出洞，出洞即死。汝宜速出，迟恐无及。"

僧惧，拜辞而行。路甚纡曲，备历险阻。忽望崖上坐一巨人，长丈余，遍体绿毛如翠锦。骇而奔还，告道者。道者曰："此予师商高，纣王之值殿将军也。为飞廉、恶来[2]所谮[3]，避居此山。性好食野兽，故其状与人异。子往拜祈，兼可问商代事。"

---

1. 枵（xiāo）：空。
2. 飞廉、恶来：二人皆为商纣王的大臣，是秦氏的祖先。恶来是飞廉之子。
3. 谮（zèn）：诬陷。

僧故蠢野，无所记忆，见巨人礼拜毕，便问纣宠妲己事。巨人曰："汝误矣。妲者，商宫女官之称；己、戊者，女官之行次。女官非止一人也，汝所问何妃？"僧不能答。又问文王受命事，曰："吾不知文王为何人，或是西方诸侯姬昌耶？其人事纣甚恭，并无称王之事。"因问："汝所问者，何人告汝？"曰："书上云云。"巨人问："何物为书？"僧手作书状示之。巨人笑曰："我当时尚无此物。"言毕，以一臂搂僧，行如飞，置之平地，拱手而别，已在天台郊外矣。

董金瓯

　　董金瓯者，湖州勇士，能负重走京师，十日可到。尝为人腰千金入都，过山东开成庙，有盗尾后，将取其金。董知之，挂金树上，下马与搏。盗抵敌不胜，问："足下拳法何人所授？"曰："僧耳。"盗曰："破僧耳拳，须我妹来，汝敢在此相待否？"董笑曰："避女子，非夫也！"坐以待之。

　　少顷，一美女来，年十八九，貌甚和，相见即格斗。良久曰："汝拳法非僧耳授也，当别有人。"董以实告曰："我初学于僧耳，后学于僧耳之师王征南。"女子曰："若然，须至我家，彼此一饭，再斗方决，汝敢往乎？"董恃其勇，径随女子行。

　　到其家，则其兄已先在家，张灯挂红，率妻欢迎，曰："妹夫来矣！"以红巾蒙其妹头，强之交拜。董骇然问故，曰："吾父某亦为人保镖，路逢僧耳，与角斗，不胜而死。我与妹立志报仇，同习拳法，必须胜僧耳者，然后可以杀之。访得僧耳之师为王征南，苦相寻无路。汝是其弟子，则可以引见征南，再学拳法，报此仇矣！"董遂赘其家，别遣人赍腰间金赴京师。嗣后不知所终。

姚剑仙

边桂岩为山盱通判，构屋洪泽堤畔，集宾客觞咏其中。一夕，觥筹正开，有客阒然入，冠履垢敝，辫发鬇鬡[1]然披拂于耳，叉手揖坐诸客上，饮啖无怍。诸客问名姓，曰："姓姚，号穆云，浙之萧山人。"问何能，笑曰："能戏剑。"口吐铅子一丸，滚掌中成剑，长寸许，火光自剑端出，熠熠如蛇吐舌。诸客悚息莫敢声。主人虑惊客，再三请收。

客谓主人曰："剑不出则已，既出则杀气甚盛，必斩一生物而后能敛。"通判曰："除人外皆可。"姚顾阶下桃树，手指之，白光飞树下，环绕一匝，树仆地无声。口中复吐一丸，如前状，与桃树下白光相击，双虬攫拿，直上青天，满堂灯烛尽灭。姚且弄丸且视诸客，客愈惊惧，有长跪者。姚微笑起曰："毕矣。"以手招两光奔掌内，仍作双丸，吞口中，了无他物，引满大嚼。

群客请受业为弟子，姚曰："太平之世，用此何为？吾有剑术，无点金术，故来。"通判赠以百金，居三日去。

---

1. 鬇鬡（sān）：毛发散乱的样子。

裹足作俑之报

杭州陆梯霞先生，德行粹然，终身不二色。人或以戏旦、妓女劝酒，先生无喜无愠，随意应酬。有犯小罪求关说者，先生唯唯。当事者重先生，所言无不听。或訾先生自贬风骨，先生笑曰："见米饭落地，拾置几上心才安，何必定自家吃耶？凡人有心立风骨，便是私心。吾尝奉教于汤潜庵中丞矣。中丞抚苏时，苏州多娼妓，中丞但有劝戒，从无禁捉。语属吏曰：'世间之有娼优，犹世间之有僧尼也。僧尼欺人以求食，娼妓媚人以求食，皆非先王法。然而欧公《本论》一篇，既不能行，则饥寒怨旷之民作何安置？今之虐娼优者，犹北魏之灭沙门毁佛像也。徒为胥吏生财，不揣其本而齐其末，吾不为也。'"

一日者，先生梦皂隶持帖相请，上书"年家眷弟杨继盛拜"。先生笑曰："吾正想见椒山公。"遂行。至一所，宫殿巍然，椒山公乌纱红袍，下阶迎曰："继盛蒙玉帝旨，任满将升，此坐需公。"先生辞曰："我在世间不屑为阳官，故隐居不仕，今安能为阴间官乎？"椒山笑曰："先生真高人，薄城隍而不为。"语未毕，有判官向椒山耳语。椒山曰："此案难判，须奏玉帝再定。"先生问何案，曰："南唐李后主裹足案也。后主前世本嵩山净明和尚，转身为江南国主，宫中行乐，以帛裹其妃窈娘足，为新月之形，不过一时偶戏。不料相沿成风，世上争为弓鞋小脚，将父母遗体矫揉穿凿，以致量大校小，婆怒其媳，夫憎其妇，男女相贻，恣为淫亵。不但小女儿受无量苦，且有妇人为此事悬梁服卤者。上帝恶后主作俑，故令其生前受宋太宗牵机药之毒，足欲前，头欲后，比女子缠足更苦，苦尽方霽。近已七百年，忏悔满，将还嵩山修道矣。不料又有数十万无足妇人，奔走天门喊冤，云：'张献忠破四川时，截我等足，堆为一山，以足之至小者为山尖。虽我等劫运该死，然何以出乖露丑，一至于此，岂非李王裹足作俑之罪？求上帝严罚李王，我辈目才瞑。'上帝恻然，传谕四海都城隍议罪。文到我处，我判孽由献忠，李后主不能预知，难引重典。请罚李王在冥中织履一百万，偿诸无足妇人，数满才许还嵩山。奏草虽定，尚未与诸城隍会稿，先生以为何如？"先生曰："习俗难医，愚民有焚其父母尸以为孝者，便有痛其女子之足以为慈者，事同一例也。"椒山公大笑。

先生辞出，醒竟安然。嗣后椒山公不复来请。寿八十余卒。常笑谓夫人曰："毋为吾女儿裹足，恐害李后主在阴司又多织一双履也。"

吕道人驱龙

河南归德府吕道人，年百余岁，鼻息雷鸣。或十余日不食，或一日食鸡子五百。吹气人身，如火炙痛。或戏以生饼覆其背，须臾焦熟可食矣。冬夏一布袄，日行三百里。

雍正间，王朝恩为北总河，筑张家口石坝不成，糜帑[1]数万，忧懑不食。适吕至，曰："此下有毒龙为祟。"王问："汝能驱之否？"曰："此龙修炼二千年，魄力甚大。梁武帝筑浮山堰崩，伤生灵数万，此龙孽也。公欲坝成，须贫道亲下河与斗，庶几逐龙去而坝可成。然贫道福命薄，虑为所伤，必须仗圣天子威灵、大人福力护持之。"曰："若何而可？"曰："请王命牌油纸裹缚贫道背上，用河道总督印钤封，大人手书姓名加封之，乃可。"如其言，道士遂仗剑入水。

顷刻黑风起，雷电大作，波浪掀天。至明日夜半，道士来署，提血剑，腥涎满身，背伛偻，曰："贫道胁骨为龙尾击断矣。然贫道亦斩龙一臂，臂坠水，仅留一爪献公。龙受伤奔东海去，明日坝可成也。"王大喜，呼酒劳之，欲延蒙古医为之接骨，曰："不必。贫道

---

1. 帑（tǎng）：国库里的钱财，公款。

运真气养之，半年后可平复也。"次日，王公上工下扫，石坝果成。所藏龙爪，大如水牛角，嗅作龙涎香，悬之，蚊蝇远避。

吕自言与李自成交好，曾为系草鞋带。又与贾士芳同受业于王先生某，先生常言："汝愿，故道可成；贾好利，又自作聪明，必不善终，然亦须名动天子。"嵇文敏公为总河，入都陛见。家人不得家信，问吕，吕曰："汝家大人已被大木撑入眼矣。"举家惊，恐有目疾。已而授东阁大学士，方知目旁木，乃"相"字耳。

乾隆四年，吕入都，诸王公延之治疾，脱手愈。徐文穆公第六子，虚阳不闭。吕一见曰："公子面上血不华色，不过梦遗耳。"令闭目卧地，袒胸，手一铁针，长尺余，直刺其心；拔之，血随针出，如一条红丝，取口唾拭其创处。旁人骇绝，而公子不知，是夕病痊。王太守孟亭患腰痛，求道人。道人曰："俟天晴日来治。"至期，手撮日光揉之，热透五脏而愈。问导引之术，不肯言。乃引其僮私问之，曰："无他异也。每早至旷野，红日始出，见道人向日作虎跳状，手招日光纳口中，且吸且咽，如是者再。"

盘古以前天

相传阴沉木为开辟以前之树，沉沙浪中，过天地翻覆劫数，重出世上，以故再入土中，万年不坏。其色深绿，纹如织锦，置一片于地，百步以外，蝇蚋不飞。

康熙三十年，天台山崩，沙中涌出一棺，形制诡异，头尖而尾阔，高六尺余。识者曰："此阴沉木棺也，必有异。"启其前和，中有人，眉目口鼻，与木同色，臂腿与木同纹理，恰不腐坏。忽开眼仰视空中，问曰："此青青者何物耶？"众曰："天也。"惊曰："我当初在世时，天不若是高也。"语毕，目仍瞑。人争扶起之。合邑男女，群来看盘古以前人。忽然风起，变为石人。棺为邑宰某所得，转献制府。

予疑此人是前古天地将混沌时人也。纬书云："万年之后，天可倚杵。"此人言天不若今之高，信矣。

禹王碑吞蛇

屠赤文任陕西两当县尉，有厨人张某者，善啖多力，身体修伟，面无左耳。

询其故，自言四川人，三世业猎，家传异书，能抓风嗅鼻，即知所来者为何兽，某幼亦业此。曾猎于邛徕山，其地号阴阳界，阳界尚平敞，阴界尤险峻，人迹罕至。一日，往猎阳界，无所得，遂裹粮入阴界。行五十里许，天已暮，远望十里外高山上有火光烧来，烛林谷如赤日，怪风狂吹而至。某不知何物，抓风再嗅，书所未载，心大惶恐，急登高树顶上觇之。

俄而火光渐近，乃一大石碑，碑首凿猛虎形，光如万炬，燃照数里。碑能踯躅自行，至树下见有人，忽跃起三四丈，似欲吞啮者，几及我身。我屏息不敢动，碑亦缓缓向西南去。某方幸脱险。俟其去远，将下树矣，忽望见巨蛇千万条，大者身如车轮，小者亦粗如斗，蔽空而来。某自念此身必死于蛇腹，惊惶更甚。不料诸蛇皆腾空冲云而行，离树甚远，我蹲树上，竟无所损；惟一小蛇行少低，向我耳旁擦过，觉痛不可忍。摸之，耳已去矣，血涔涔流下。但见碑尚在前，蹲立火光中不动，凡蛇从碑旁过者，空中辄有脱壳堕下，乱落如万条白练，但闻咕吸噏然有声。少顷，蛇尽不见，碑亦行远。

某待至次日，方敢下树，急觅归路，迷不可得。途遇一老人，自称："此山民也。子所见者，为禹王碑。当年禹王治水至邛崃山，毒蛇阻道，禹王大怒，命庚辰杀蛇，立二碑镇压，誓曰：'汝他日成神，世世杀蛇，为民除害。'今四千年矣，碑果成神。碑有一大一小，君幸遇其小者，得不死；其大者出，则火燃五里，林木皆灰。二碑俱以蛇为粮，所到处挈以随行。故蛇俯首待食，不暇伤人。子耳际已中蛇毒，出阳界见日则死。"因于衣襟下出药治之，示以归路而别。

飞僵

颖州蒋太守，在直隶安州遇一老翁，两手时时颤动，作摇铃状。叩其故，曰："余家住某村，村居仅数十户。山中出一僵尸，能飞行空中，食人小儿。每日未落，群相戒闭户匿儿，犹往往被攫。村人探其穴，深不可测，无敢犯者。闻城中某道士有法术，因纠积金帛，往求捉怪。

"道士许诺，择日至村中，设立法坛，谓众人曰：'我法能布天罗地网，使不得飞去，亦须尔辈持兵械相助，尤需一胆大人入其穴。'众人莫敢对，余应声而出，问何差遣。法师曰：'凡僵尸最怕铃铛声，尔到夜间，伺其飞出，即入穴中，持两大铃摇之，手不可住；若稍歇，则尸入穴，尔受伤矣。'漏将下，法师登坛作法，余因握双铃，候尸飞出，尽力乱摇，手如雨点，不敢小住。尸到穴门，果狰狞怒视，闻铃声琅琅，逡巡不敢入；前面被人围住，又无逃处，乃奋手张臂与村人格斗。至天将明，仆地而倒，众举火焚之。余时在穴中未知也，犹摇铃不敢停如故。至日中，众大呼，余始出，而两手动摇不止，遂至今成疾云。"

江秀才寄话

　　婺源江秀才，号慎修，名永，能制奇器。取猪尿胞置黄豆，以气吹满而缚其口，豆浮正中，益信地如鸡子黄之说。有愿为弟子者，便令先对此胞坐视七日，不厌不倦，方可教也。

　　家中耕田，悉用木牛。行城外，骑一木驴，不食不鸣，人以为妖。笑曰："此武侯成法，不过中用机关耳，非妖也。"置一竹筒，中用玻璃为盖，有钥开之。开则向筒说数千言，言毕即闭。传千里内，人开筒侧耳，其音宛在，如面谈也；过千里则音渐渐散不全矣。

　　忽一日，自投于水，乡人惊救之，半溺而起，大恨曰："吾今而知数之难逃也。吾二子外游于楚，今日未时三刻，理应同溺洞庭，吾欲以老身代之，今诸公救我，必无人救二子矣。"不半月，凶问果至。此其弟子戴震为余言。

大胞人

　　壬辰二月间，余过江宁县前，见道旁爬一男子，年四十余，有须，身面缩小，背负一肉山，高过于顶，黄胀膨亨，不知何物。细视之，有小窍而阴毛围之，方知是肾囊也。囊高大，两倍于其身，而拖曳以行，竟不死，乞食于途。

卖蒜叟

南阳县有杨二相公者，精于拳勇，能以两肩负粮船而起。旗丁数百，以篙刺之，篙所触处，寸寸折裂。以此名重一时。率其徒行教常州，每至演武场传授枪棒，观者如堵。

忽一日，有卖蒜叟，龙钟伛偻，咳嗽不绝声，旁睨而揶揄之。众大骇，走告杨。杨大怒，招叟至前，以拳打砖墙，陷入尺许，傲之曰："叟能如是乎？"叟曰："君能打墙，不能打人。"杨愈怒，骂曰："老奴能受我打乎？打死勿怨！"叟笑曰："老人垂死之年，能以一死成君之名，死亦何怨？"

乃广约众人，写立誓券，令杨养息三日，老人自缚于树，解衣露腹。杨故取势于十步外，奋拳击之，老人寂然无声。但见杨双膝跪地，叩头曰："晚生知罪了。"拔其拳，已夹入老人腹中，坚不可出；哀求良久，老人鼓腹纵之，已跌出一石桥外矣。老人徐徐负蒜而归，卒不肯告人姓氏。

借棺为车

绍兴张元公,在阊门开布行。聘伙计孙某者,陕人也,性诚谨而勤,所经算无不利市三倍,以故宾主相得。三五年中,为张致家资十万。屡乞归家,张坚留不许。孙怒曰:"假如我死,亦不放我归乎?"张笑曰:"果死,必亲送君归,三四千里,我不辞劳。"

又一年,孙果病笃,张至床前问身后事,曰:"我家在陕西长安县钟楼之旁,有二子在家。如念我前情,可将我灵柩寄归付之。"随即气绝。张大哭,深悔从前苦留之虐;又自念十万家资皆出渠帮助之力,何可食言不送?乃具賻仪千金,亲送棺至长安。

叩其门开,长子出见,告以尊翁病故原委,为之泣下。而其子夷然,但唤家人云:"爷柩既归,可安置厅旁。"既无哀容,亦不易服。张骇绝无言。少顷,次子出见,向张致谢数语,亦阳阳如平常。张以为此二子殆非人类,岂以孙某如此好人,而生禽兽之二子乎?

正惊叹间,闻其母在内呼曰:"行主远来,得毋饥乎?我酒馔已备,惜无人陪,奈何?"两子曰:"行主张先生,父执也,卑幼不敢陪侍。"其母曰:"然则非汝死父不可。"命二子肆筵设席,而己持大斧出,劈棺骂曰:"业已到家,何必装痴作态!"死者大笑,掀棺而起,向张拜谢曰:"君真古人也,送我归,死不食言。"张问:

"何作此狡狯？"曰："我不死，君肯放我归乎？且车马劳顿，不如卧棺中之安逸耳。"张曰："君病既愈，盍再同往苏州？"曰："君命中财止十万，我虽再来，不能有所增益。"留张宿三日而别，终不知孙为何许人也。

姚端恪公遇剑仙

国初，桐城姚端恪公为司寇时，有山西某，以谋杀案将定罪。某以十万金赂公弟文燕求宽，文燕允之，而惮公方正，不敢向公言，希冀得宽，将私取之。

一夕者，公于灯下判案，忽梁上男子持匕首下。公问："汝刺客耶？来何为？"曰："为山西某来。"公曰："某法不当宽。如欲宽某，则国法大坏，我无颜立于朝矣，不如死。"指其颈曰："取！"客曰："公不可，何为公弟受金？"曰："我不知。"曰："某亦料公之不知也。"腾身而出，但闻屋瓦上如风扫叶之声。

时文燕方出京赴知州任，公急遣人告之。到德州，已丧首于车中矣。据家人云："主人在店早饭毕，上车行数里，忽大呼好冷风。我辈急送绵衣往视，头不见，但血淋漓而已。"端恪题刑部白云亭云："常觉胸中生意满，须知世上苦人多。"

佟觭角

　　京师傅九者，出正阳门，过一巷，路狭人众，挨肩而行。一人劈面来，急走如飞，势甚猛。傅不及避，两胸相撞，竟与己身合而为一，顿觉身如水淋，寒噤不止，急投一缎店，坐定，忽大言曰："你拦我去路，可恶已极！"于是自批其颊，自挝其须。家人迎归，彻夜吵闹。或言有活无常佟觭角者能治之。正将延请，而傅九已知之，骂曰："我不怕铜觭角、铁觭角也。"

　　未几佟至，瞋目视曰："汝何处鬼，来此害人！速供来，不实供，叉汝下油锅。"傅瞠目不言，但切齿咋咋有声。其时男女观者如堵。佟倾油一锅，烧柴煎之，手持一铜叉，向傅脸上旋绕，作欲刺状。傅果战惧，自供："我李四也，凤阳人，迫于饥寒，盗发人坟，被人捉着，一时仓猝，用铁锹拒捕，连伤二人，坐法当斩。今日绑赴菜市，我极力挣脱逃来，不料为此人拦住，心实忿忿，故与较论。"佟曰："然则速去勿迟！"乃倚叉而坐。傅大哭曰："小人在狱中，两脚冻烂，不能行走，求赐草鞋一双，且求秘密，不教官府知道，再来捉拿。"傅家人即烧草鞋与之，乃伏地叩头，伸脚作穿状，观者皆笑。

　　佟问何往，曰："逃祸须远，将奔云南。"佟曰："云南万里，岂旦夕可至？半路必为差役所拿，不如跟我服役，可得一吃饭处也。"傅叩头情愿。佟出囊中黄纸小符焚之，傅仆地不动，良久苏醒，问之茫然。是日刑部秋审，访之，果有发墓之犯，已枭示矣。盖恶鬼犹不自知其已死也。

佟年五十余，寡言爱睡，往往睡三四日不起。至其家者，重门以内无寸芥纤埃。云其平日所服役者，皆鬼也。

伊五

披甲人伊五者，身矮而貌陋，不悦于军官。贫不能自活，独走出城，将自缢。忽见有老人飘然而来，问何故轻身，伊以实告。老人笑曰："子神气不凡，可以学道，予有一书授子，够一生衣食矣。"伊乃随行数里，过一大溪，披芦苇而入，路甚曲折。进一矮屋，止息其中，从老人受学。七日而术成，老人与屋皆不见，伊自此小康。

其同辈群思咀嚼之，伊无难色，同登酒楼。五六人恣情大饮，计费七千二百文。众方愁其难偿，忽见一黑脸汉登楼，拱立曰："知伊五爷在此款客，主人遣奉酒金。"解腰缠出钱而去。数之，七千二百也，众大骇。

与同步市中，见一人乘白马急驰而过，伊纵步追之，叱曰："汝身上囊可急与我！"其人惶恐下马，怀中出一皮袋，形如半胀猪脬，授伊竟走。众不测何物，伊曰："此中所贮，小儿魂也。彼乘马者，乃过往游神，偷攫人魂无算；倘不遇我，又死一小儿矣。"俄入一胡同，有向西人家，门内哭声嗷嗷。伊取小囊向门隙张之，出浓烟一缕，射此家门中。随闻其家人云："儿苏矣。"转涕为笑，众由是神之。

适某贵公有女为邪所凭，闻伊名，厚礼招致。女在室已知伊来，形象惨沮。伊入室，女匿屋隅，提熨斗自卫。伊周视上下，出曰：

"此器物之妖也，今夕为公除之。"漏三下，伊囊中出一小剑，锋芒如雪，被发跣足，仗之而入。众家人伺于院外，寻闻室中叱咤声、击扑声与物腾掷声、诟詈喧闹声，良久寂然。但闻女叩头哀恳，不甚了了。伊呼灯甚急，众率仆婢秉烛入。伊指地上一物相示曰："此即为祟者。"视之，一藤夹膝也。聚薪焚之，流血满地。

清凉老人

五台山僧，号清凉老人，以禅理受知鄂相国。雍正四年，老人卒。

西藏产一儿，八岁不言。一日剃发，呼曰："我清凉老人也，速为我通知鄂相国。"乃召小儿入，所应对皆老人前世事，无舛；指侍者、仆御，能呼其名，相识如旧。鄂公故欲试之，赐以老人念珠，小儿手握珠，叩头曰："不敢，此僧奴前世所献相国物也。"鄂公异之，命往五台山坐方丈。

将至河间，书一纸与河间人袁某，道别绪甚款。袁故老人所善，大惊，即骑老人所赠黑马来迎。小儿中道望见，下车直前抱袁腰曰："别八年矣，犹相识否？"又摩马鬣，笑曰："汝亦无恙乎？"马为悲嘶不止。是时道旁观者万人，皆呼生佛罗拜。

小儿渐长大，纤妍如美女。过琉璃厂，见画店鬻男女交媾状者，大喜，谛玩不已。归过柏乡，召妓与狎。到五台山，遍召山下淫妪，与少年貌美阴巨者，终日淫媟，亲临观之。犹以为不足，更取香火钱，往苏州聘伶人歌舞。

被人劾奏，疏章未上，老人已知，叹曰："无曲躬树而生色界天，误矣！"即端坐趺跏而逝，年二十四。

吾友李竹溪，与其前世有旧，往访之。见老人方作女子妆，红肚袜，裸下体，使一男子淫己，而己又淫一女。其旁鱼贯连环而淫者无数。李大怒，骂曰："活佛当如是乎？"老人夷然，应声作偈曰："男欢女爱，无遮无碍。一点生机，成此世界。俗士无知，大惊小怪。"

徐崖客

湖州徐崖客者，孽子也。其父惑继母言，欲置之死。崖客逃，云游四方，凡名山大川，深岩绝涧，必攀援而上，以为本当死之人，无所畏。

登雁荡山，不得上。晚无投宿处，旁一僧目之曰："子好游乎？"崖客曰："然。"僧曰："吾少时亦有此癖，遇异人授一皮囊，夜寝其中，风雨虎豹蛇虺[1]，俱不能害。又与缠足布一匹，长五丈，或山过高，投以布，便攀援而上。即或倾跌，但手不释布，紧握之，坠亦无伤，以此游遍海内。今老矣，倦鸟知还，请以二物赠公。"徐拜谢别去。嗣后登高临深，颇得如意。

入滇南，出青蛉河外千余里，迷道，砂砾渺茫，投囊野宿。月下，闻有人溲于皮囊上者，声如潮涌，偷目之，则大毛人，方目钩鼻，两牙出颐外数尺，长倍数人。又闻沙上兽蹄杂沓，如万群獐兔被逐狂奔者。俄而大风自西南起，腥不可耐，乃蟒蛇从空中过，驱群兽而行，长数十丈，头若车轮。徐惕息噤声而伏。

天明出囊，见蛇过处，两旁草木皆焦，己独无恙。饥无乞食处，

---

1. 虺（huǐ）：古书所记载的一种毒蛇。

望前村有若烟起者，奔往，见二毛人并坐，旁置镬，蒸芋甚香。徐疑即月下遗溲者。跪而再拜，毛人不知；哀乞救饥，亦不知。然色态甚和，睨徐而笑。徐乃以手指口，又指其腹。毛人笑愈甚，哑哑有声，响震林谷，若解意者，赐以二芋。徐得果腹，留半芋归。视诸人，乃白石也。

　　徐游遍四海，仍归湖州。尝告人曰："天地之性，人为贵。凡荒莽幽绝之所，人不到者，鬼神怪物亦不到；有鬼神怪物处，便有人矣。"

鸡脚人

闽商杨某，世以洋贩为业。言其祖于康熙中偕客出洋，遇旋风吹入海汊，其水面四高，惟中港独低，又在海水之下。杨舟盘涡而下，人船俱无恙。至港底，见山川、草木、田畴、蔬谷，一如人世，惟无庐舍。岸侧有船依泊，内有数十人，亦中州来者。见杨等，欢如骨肉，因言此水惟闰年月有一日独高，与海水平，舟始可归。然只一食顷耳，稍迟则又不得上矣。其人先被飓风吹至时，亦曾有人居此港，后遇闰水得归，彼迟不及，留此六年，皆屡遇闰而失其时，故未得去。

杨同舟客有四十人，带有谷菜诸种，咸分土耕种。其地颇沃而收倍，且不须人灌溉。终日与前舟人款接往来，几忘身在世外也。惜无黄历考日时，每食讫，咸登舟，待水满而已。

一日，杨与客闲步野外，望隔溪有人，行近溪口，皆长丈余，无衣，身有毛，脚如鸡爪，胫如牛膝。见杨，啾唧作对语状，音不可晓。归与彼舟人言之，亦言来时曾于溪口见之，缘溪满不得渡。倘其来此，吾辈宁有孑遗耶？

后六年八月，遇风水满，与前舟人同归。杨家有老仆，曾随行者，今已八十余，尚在，能道其详。按：台湾有鸡爪番，常栖宿树上，此岂其苗裔欤？

猢狲酒

曹学士洛禋为予言：康熙甲申春，与友人潘锡畴游黄山。至文殊院，与僧雪庄对食。忽不见席中人，仅各露一顶。僧曰："此云过也。"

次日入云峰洞，有一老人，身长九尺，美须髯，衲衣草履，坐石床。曹向之索茶，老人笑曰："此间安得茶？"曹带炒米，献老人，老人曰："六十余年未尝此味矣。"

曹叩其姓氏，曰："余姓周，名执，官总兵，明末隐此，百三十年。此猿洞也，为虎所据，诸猿患之，招余杀虎，殪[1]其类，因得居此。"床置二剑，光如沃雪，台上供河洛二图、六十四卦，地堆虎皮数十张。笑谓曹曰："明日诸猿来寿我，颇可观。"言未已，有数小猿至洞前，见有人，惊跳去。老人曰："自虎害除，猿感我恩，每日轮班来供使令。"因呼曰："我将请客，可拾薪煨芋。"猿跃去。少顷，捧薪至，煮芋与曹共啖。

曹私忆此间得酒更佳，老人已知，引至一崖，有石覆小凹，澄碧而香，曰："此猢狲酒也。"酌而共饮。老人醉，取双剑舞，走电飞沙，天风皆起。舞毕还洞，枕虎皮卧，语曹云："汝饥，可随手取松

---

1. 殪（yì）：杀死。

子橡栗食之。"食后，体觉轻健。先是，曹常病寒，至是病减八九。

最后引至一崖，有长髯白猿，以松枝结屋而坐，手素书一卷，诵之琅琅，不解作何语，其下千猿拜舞。曹大喜，急走归告雪庄，拉之同往。洞中止存石床，不见老人。

娄罗二道人

　　娄真人者，松江之枫乡人。幼孤，从中表某养大。与其婢私，中表怒逐之。娄盗其橐金五百，逃入江西龙虎山。方过桥，有道人白须曳杖立，笑曰："汝来乎？汝想作天师法官乎？须知法官例有使费，非千金不可，五百金何济？"娄大骇，曰："吾实带此数，金少奈何？"道人曰："吾已为汝豫备矣。"命侍者担囊示之，果五百金。娄跪谢称仙，道人曰："吾非仙，乃天师府法官也，姓陈名章，缘尽当去，为待子故未行。有三锦囊，汝佩之，他日有急难大事，可开视之。"言毕，趺坐桥下而化。娄入府，见天师，天师曰："陈法官望汝久矣，汝来，陈法官死，岂非数耶！"

　　故事：天师入京朝贺，法官从行。雍正十年，天师入朝，他法官同往，娄不得与。夜梦陈法官跟跄而来，涕泣请曰："道教将灭，非娄某不能救，须与偕入京师，万不可误！"天师愈奇娄，乃与之俱。时京师久旱，诸道士祈请无效。世宗召天师谕曰："十日不雨，汝道教可废矣。"天师惶恐伏地，窃念陈法官梦中语，遂奏请娄某升坛。娄开锦囊，如法作咒，身未上而黑云起，须臾，雨沾足。世宗悦，命留京师。

　　十一年，诛妖人贾士芳。贾在民间为祟，召娄使治。娄以五雷正法治之，拜北斗四十九日，妖灭。是年地震，娄先期奏明。皆锦囊所载三事也。今娄尚存，锦囊空而术亦尽矣。娄所服丸药，号"一二三"，当归一两，熟地二两，枸杞三两。

又有罗真人者，冬夏一衲，佯狂于市。儿童随之，而有取生米麦求其吹，吹之即熟。晚间店家燃烛无火，亦求罗吹，吹之即炽。京师九门，一日九见其形。忽遁去无迹，疑死矣。

京师富家多烧暖炕，炕深丈许，过三年必扫煤灰。有年姓者扫坑，炕中闻鼾声，大惊。召众观之，罗真人也。崛然起曰："借汝家坑熟卧三年，竟为尔辈扫出。"众请送入庙，曰："吾不入庙。"请供奉之，曰："吾不受供。""然则何归？"曰："可送我至前门外蜜蜂窝。"即舁往蜂窝。窝洞甚狭，在土山之凹，蜂数百万，嘈嘈飞鸣。罗解上下衣，赤身入，群蜂围之，穿眼入口，出入于七窍中，罗怡然不动。

人馈之食。或食或不食。每食，必罄其所馈。或与斗米饭、鸡卵三百，一啖而尽，亦无饱色。语唼唼如䴔䴖，不甚可解。某贵人馈生姜四十斤，啖之，片时俱尽。居窝数年，一日脱去，不知所往。

水精孝廉

  广东纪孝廉，童时误入蛇腹。黑无所见，但闻腥气。扪其壁，滑
滗不可近。幸身边有小刀，因挖其壁，渐见微明，就明钻出，困卧于
地。邻人见之，携归其家。是日村郊三十里外有大蛇死焉。孝廉为毒
气所伤，通身皮脱如水精，肠胃皆见，从幼至壮不改。乡举后，同年
皆见之，呼为"水精孝廉"。

石揆谛晖

石揆、谛晖二僧，皆南能教也。石揆参禅，谛晖持戒，两人各不相下。谛晖住杭州灵隐寺，香火极盛，石揆谋夺之。会天竺祈雨，石揆持咒召黑龙行雨，人共见之，以为神。谛晖闻知，即避去，隐云栖最僻处。石揆为灵隐长老垂三十年，身本万历孝廉，口若悬河，灵隐兰若之会，震动一时。

有沈氏儿，丧父母，为人佣工，随施主入寺。石揆见之大惊，愿乞此儿为弟子。施主许之。儿方七岁，即为延师教读。儿欲肉食，即与之肉；儿欲衣绣，即衣之绣，不削发也。儿亦聪颖，通举子业。年将冠矣，督学某考杭州，令儿应考，取名近思，遂取中府学第三名。

月余，石揆传集合寺诸僧曰："近思，余小沙弥也，何得瞒我入学为生员耶？"命跪佛前，剃其发，披以袈裟，改名"逃佛"。同学诸生闻之大怒，连名数百人，上控巡抚、学院，道奸僧敢剃生员发，援儒入墨，不法已甚。有项霜泉者，仁和学霸也，率家僮数十，篡取近思，为假辫以饰之，即以己妹配之。置酒作乐，聚三学弟子员，赋催妆诗作贺。诸大府虽与石揆交，而众怒难犯，不得已准诸生所控，许近思蓄发为儒。诸生犹不服，各汹汹然，欲焚灵隐寺，殴石揆。大府不得已，取石揆两侍者，各笞十五，群忿始息。

后一月，石揆命侍者撞钟鼓，召集合寺僧，各持香一炷，礼佛毕，泣曰："此予负谛晖之报也。灵隐本谛晖所住地，而予以一念争胜之心夺之，此念延绵不已，念己身灭度后，非有大福分人不能掌持此地。沈氏儿风骨严整，在人间为一品官，在佛家为罗汉身，故余见而倾心，欲以此坐与之。又一念争胜，欲使佛法胜于孔子，故先使入学，以继我孝廉出身之衣钵，此皆贪嗔未灭之客气也。今侍儿受杖，为辱已甚，尚何面目坐方丈乎？夫儒家之改过，即佛家之忏悔也。自今已往，吾将赴释梵天王处，忏悔百年，才能得道。诸弟子速持我禅杖一枝，白玉钵盂一个，紫衣袈裟一袭，往迎谛晖，为我补过。"群僧合掌跪泣曰："谛晖逃出已三十年，音耗寂然，从何地迎接？"曰："现在云栖第几山第几寺，户外有松一株、井一口，汝第记此，去访可也。"言毕，趺坐而逝，鼻垂玉柱二尺许。

群僧如其言，果得谛晖。沈后中进士，官左都御史，立朝有声，谥清恪。虽贵，每言石揆养育之恩，未尝不泣下也。

谛晖有老友恽某，常州武进人，逃难外出披甲。有儿年七岁，卖杭州驻防都统家。谛晖欲救出之。会杭州二月十九日观音生日，满、汉士女咸往天竺进香。过灵隐，必拜方丈大和尚。谛晖道行高，贵官男女膜手来拜者以万数，从无答礼。都统夫人某，从苍头婢仆数十人来拜谛晖，谛晖探知瘦而纤者恽氏儿也，蹶然起，跪儿前，膜拜不止，曰："罪过，罪过！"夫人大惊，问故。曰："此地藏王菩萨也，托生人间，访人善恶。夫人奴畜之，无礼已甚；闻又鞭扑之，从此罪孽深重，祸不旋踵矣！"夫人皇急求救。曰："无可救。"夫人愈恐，告都统。都统亲来，长跪不起，必求开一线佛门之路。谛晖曰："非特公有罪，僧亦有罪。地藏王来寺而僧不知迎，罪亦大矣。请以香花清水供养地藏王入寺，缓缓为公夫妇忏悔，并为自己忏悔。"都统大喜，布施百万，以儿与谛晖。谛晖教之读书学画，取名寿平，后即纵之还家，曰："吾不学石揆痴也。"

后寿平画名日噪，诗文清妙。人或问恽、沈二人优劣，谛晖曰："沈近思学儒不能脱周、程、张、朱窠臼；恽寿平学画能出文、沈、唐、仇范围。以吾观之，恽为优也。"言未已，以戒尺自击其颈曰："又与石揆争胜矣。不可，不可！"谛晖寿一百零四岁。

翻洗酒坛

广信府徐姓，少年无赖，斗酒殴死邻人，畏罪逃去。官司无处查拿，家人以为死矣。五年后，其叔某偶见江上浮尸，即其侄也，取而葬之。又五年，徐忽归家，家人皆以为鬼。徐曰："我以杀人故逃，不料入庐山中，遇仙人授我炼形分身之法，业已得道。恐家中念我，特浮一尸，以相安慰。今我尚有未了心事，故还家一走。"徐故未娶，其嫂半信半疑，且留住焉。

一日，溲于酒坛，嫂大怒骂之。徐曰："洗之何妨？"嫂曰："秽在坛里，如何可洗？"徐伸手入坛，拉其里出之，如布袋然，仰天大笑，蹑云而去。至今翻底坛尚存徐家。

所殴死邻家，且在案上得千金。或云徐来作报，所云"了心事"者，即此之谓。

浮海

王谦光者，温州府诸生也。家贫，不能自活，客于通洋经纪之家。习见从洋者利不赀，谦光亦累赀数十金同往。

初至日本，获利数十倍。继又往，人众货多，飓风骤作，飘忽不知所之。见有山处，趋往泊之，触礁石沉舟，溺死过半，缘岸而登者三十余人。山无生产，人迹绝至，虽不葬鱼腹中，难免为山中饿鬼。众皆长恸。昼行夜伏，抬草木之实聊以充饥。及风雨晦冥，山妖木魅，千奇万怪，来侮狎人，死者又十之七八。

一日，走入空谷中，有石窟如室，可蔽风雨。傍有草，甚香，掘其根食之，饥渴顿已，神气精爽。识者曰："此人参也。"如是者三月余，诸人皆食此草，相视，各见颜色光彩如孩童。

时常登山望海。忽有小艇数十，见人在山，泊舟来问，知是中国人，逐载以往，皆朝鲜徼外之巡拦也。闻之国王，蒙召见，问及履历，谦光云系生员。王笑曰："'道不行，乘桴浮于海'耶？"因以《浮海》为题，命谦光赋之。谦光援笔而就，曰："久困经生业，乘槎学使星。不因风浪险，那得到王庭？"王善之，馆待如礼。尝得召见，屡启王欲归之意。又三年，始具舟资，送谦光并及诸人回家。王赐甚厚。谦光在彼国，见诸臣僚，赋诗高会，无不招至，临行赆饯颇多。及至家，计五年余矣。

先是，谦光在朝鲜时，一夕梦至其家，见僧数甚众，设资冥道场，其妻哭甚哀，有子缞绖[1]以临，谦光亦哭而寤。因思数年不归，家人疑死，设荐固矣；但我无子，巍然缞绖者为何？诚梦境之不可解也，但为酸鼻而已。

又年余抵家，几筵俨然，缞绖傍设，夫妇相持悲喜。询其妻，作佛事招魂，正梦回之夕。又问缞绖为何人之服，云房侄入继之服也。因言梦回时亦曾见之，更为惨然。

---

1. 缞绖（cuī dié）：麻制的丧服。

刑天国

谦光又云："曾飘至一岛，男女千人，皆肥短无头，以两乳作眼，闪闪欲动；以脐作口，取食物至前，吸而唼之，声啾啾不可辨。见谦光有头，群相惊诧。男女逼而观之，脐中各伸一舌，长三寸许，争舐谦光。谦光奔至山顶，与其众抛石子击之，其人始散。识者曰："此《山海经》所载'刑天氏'也，为禹所诛，其尸不坏，能持干戚而舞。"

余按颜师古《等慈寺碑》作"刑天氏"，则今所称"刑天"者，恐是传写之讹。又徐应秋《谈荟》载：无头人织草履，盖战亡之卒。归而如生，妻子以饮食纳其喉管中，如欲食则书一"饥"字；不食则书一"饱"字。如此二十年才死。又将军贾雍被斩，持头而归，立营帐外，问："有头佳乎？无头佳乎？"帐中人应曰："有头佳。"雍曰："不然，无头亦佳。"此亦"刑天"之类欤？

浮提国

　　浮提国人能凭虚而行，心之所到，顷刻万里。前朝江西巡按某，曾渡海，见其人相貌端丽，所到处便能学其言语；入人闺阃，门户不能禁隔，惟从无淫乱窃取之事。

韩铁棍

　　韩舍龙者，山西汾阳人。贫无居处，在邑中破寺栖止，佣工为生，勇健多力。一日，归见寺门外卧一道者，询知以病，不能去，乃供养之，无德色。

　　如是三月余，道者病愈，谓韩曰："感子厚义，无以报。今行矣，平生蓄有一物，食之，力逾贲育，兼可致富，以赠子。七十二年后，终当归我。第子富后，慎勿纳粟得官，徒耗寿算。"言已，口中吐一羊出，小如拳；置掌视之，乃粉所为。纳韩口中，方欲吞啮，羊从喉中直趋而下。道者以掌向韩脑后一拍，韩即晕仆于地。

　　比醒，道者已不知所在。试举耰锄之属，悉轻如草。次日，乃往见主人，愿居其家为长作。俾买铁另铸作器为锄地。其所耕，十倍于人，日食米必三斗，他物称是。主以其勤而力，甚爱之。

　　一日，令载煤五千斤，自他所归。车历土坂，将下，骡蹶车倾。韩在后手挽之，徐徐而下，面色不动。主知其事，异之，诧其神勇，命随镖行押布至都。中途值盗，保镖客二人与斗，俱为伤死。韩手无械，拔道旁枣树扫之，盗尽靡溃，皆获焉。主自后即令押镖贩布，许分其余息，不令佣作。韩乃铸精铁为棍，长丈有二，重八百斤。其用棍无法，亦无授受，惟恃勇力横击，无能御者。江湖皆呼为"韩铁棍"，盗贼莫敢犯其锋。其棍载在车后，非八人莫能举，而韩以只手取之，轻如草然。

一日至京师，方投寓，忽有人来访，自通姓名曰山东白二。韩素不相识，讶其突如，询来意，曰："我闻君善用铁棍，曷以见示？"韩指车后，令客自取之。客以只手轻取而下，谓韩曰："君用此棍不知伤几许人。我仰其面，君试击我，能伤我，则君果为神勇。"韩不可，曰："我与君无仇，何故以兵相戏？既与吾角力，不若我屈一指，君能伸之，我即当敛迹归田，不敢驰驱道路矣。"乃环其食指，白以手钩韩指。韩俟其指入，乘势提而掷之地。白起曰："我山东剧盗也，一生无敌，今竟让子。"嗣后，韩行山东、北直一路，如在家中往来。如是二十年，韩分息亦厚，乃辞主人，不复作镖客。主人犹载其棍行者二十余年。

韩归里，置田产，生有二子，课农为业。年逾七十，自在场上看麦，忽有一山羊自场出。众咸以为晋地所产皆胡羊，此不知所从来，争逐之。羊入一枯井中，众欲入，韩争先跳下。见羊在井底，以手举之，向上一掷，不觉身随羊上。众在井外，见有白气一缕，自井飞出。羊入云中，韩坐地上，气力兼无。共舁之出，寻亦无恙，然自是手无捉鸡之力矣。始悟道士还羊之说，神力已去。又活二十余年，至九十寿终。所用棍犹在韩庄，至今六十余年，无有能举之者。

○

章五

幻术

李通判

　　广西李通判者，巨富也。家蓄七姬，珍宝山积。通判年二十七，疾卒。有老仆者，素忠谨，伤其主早亡，与七姬共设斋醮。忽一道人持簿化缘，老仆呵之曰："吾家主早亡，无暇施汝。"道士笑曰："尔亦思家主复生乎？吾能作法，令其返魂。"老仆惊奔，语诸姬，群讶然出拜，则道士去矣。老仆与群妾悔轻慢神仙，致令化去，各相归咎。

　　未几，老仆过市，遇道士于途。老仆惊且喜，强持之，请罪乞哀。道士曰："非我靳[1]尔主之复生也。阴司例，死人还阳须得替代，恐尔家无人代死，吾是以去。"老仆曰："请归商之。"

　　拉道士至家，以道士语告群妾。群妾初闻道士之来也，甚喜；继闻将代死也，皆恚，各相视嗫不发声。老仆毅然曰："诸娘子青年可惜，老奴残年何足惜！"出见道士曰："如老奴者代，可乎？"道士曰："尔能无悔无怖则可。"曰："能。"道士曰："念汝诚心，可出外与亲友作别，待我作法，三日法成，七日法验矣。"

　　老仆奉道士于家，且夕敬礼。身至某某家，告以故，泣而诀别。

---

1. 靳：吝惜，不愿给予。

其亲友有笑者，有敬者，有怜者，有揶揄不信者。老仆过圣帝庙，素所奉也，入而拜且祷曰："奴代家主死，求圣帝助道士放回家主魂魄。"语未竟，有赤脚僧立案前叱曰："汝满面妖气，大祸至矣。吾救汝，慎弗泄。"赠一纸包曰："临时取看。"言毕不见。老仆归，偷开之，手爪五具，绳索一根，遂置怀中。

俄而三日之期已届，道士命移老仆床，与家主灵柩相对，铁锁扃门，凿穴以通食饮。道士与群姬相近处筑坛诵咒。居亡何，了无他异。老仆疑之，心甫动，闻床下飒然有声。两黑人自地跃出，绿睛深目，通体短毛，长二尺许，头大如车轮，目眈眈视老仆，且视且走，绕棺而行，以齿啮棺缝。缝开，闻咳嗽声，宛然家主也。二鬼启棺之前和，扶家主出。状奄然，若不胜病者。二鬼手摩其腹，口渐有声。老仆目之，形是家主，音则道士。愀然曰："圣帝之言，得无验乎？"急揣怀中纸，五爪飞出，变为金龙，长数丈，攫老仆于室中，以绳缚梁上。老仆昏然，注目下视：二鬼扶家主自棺中出，至老仆卧床，无人焉者。家主大呼曰："法败矣！"二鬼狰狞，绕屋寻觅，卒不得。家主怒甚，取老仆床帐被褥碎裂之。一鬼仰头，见老仆在梁，大喜，与家主腾身取之。未及屋梁，震雷一声，仆坠于地，棺合如故，二鬼亦不复见矣。

群妾闻雷，往启户视之，老仆具道所见。相与急视道士，道士已为雷震死坛所。其尸上有硫磺大书"妖道炼法易形，图财贪色，天条决斩，如律令"十七字。

滇绵谷秀才半世女妆

蜀人滇谦六，富而无子，屡得屡亡。有星家教以厌胜之法，云："足下两世命中所照临者，多是雌宿，虽获雄，无益也；惟获雄而以雌畜之，庶可补救。"已而绵谷生，谦六教以穿耳、梳头、裹足，呼为"小七娘"。娶不梳头、不裹足、不穿耳之女以妻之。果长大，入泮，生二孙。偶以郎名孙，即死。于是每孙生，亦以女畜之。绵谷韶秀无须，颇以女自居，有《绣针词》行世。吾友杨刺史潮观，与之交好，为序其颠末。

炼丹道士

楚中大宗伯张履昊，好道。予告归，寄居江宁。入城时，拥朱提一百六十万。有郎总兵者，公门下士也。荐朱道士，善黄白之术，寿九百余岁，烧杏核成银，屡试若神。道士说公烧丹，以白银百万，炼丹一枚，则长生可致。公惑之，斋戒三日，定坎离之位，每一炉辄下银五万两，炭百担。昼则公亲监之，夜则使人守之。银登时化为水。

炼三月，费银八十万，丹无消息。公诘之，道士曰："满百万则丹成。成后含之，不饥不寒，可南可北，随意所之，无不可到。"公无奈何，复与十余万，然已觉其妄，道士溲溺，必遣人尾之。

清晨，道士溲于园，尾者回顾，忽失道士所在。往视其炉，百万俱空矣。启道士行李，得书一封，云："公此种财，皆非义物也。吾与公有宿缘，特来取去，为公打点阴间赎罪费用，日后自有效验，幸毋相怪。"家人觇道士者皆云："每五万银下炉时，屋上隐隐有雷声，道士惶恐伏地，以朱符盖其头，其搬运实无痕迹。"

陈圣涛遇狐

绍兴陈圣涛者，贫士也。丧偶，游扬州，寓天宁寺侧一小庙，庙僧遇之甚薄。陈见庙有小楼扃闭，问僧何故。僧曰："楼有怪。"陈必欲登，乃开户入。见几上无丝毫尘，有镜架梳篦等物，大疑，以为僧藏妇人，不语出。

过数日，望见美妇倚楼窥，陈亦目挑之。妇腾身下，已至陈所。陈始惊，以为非人。妇曰："我仙也。汝毋怖，为有夙缘故耳。"款接甚殷，竟成夫妇。每月朔，妇告假七日，云往泰山娘娘处听差。陈乘妇去，启其箱，金玉烂然，陈一丝不取，代扃锁如初。妇归，陈私谓曰："我贫甚，而君颇有余资，盍假我屯货为生业乎？"妇曰："君骨相贫，不能富，虽作商贾无益；且喜君行义甚高，开我之箱，分文不取，亦足敬也，请资君衣食。"自后陈不起炊，中馈之事，妇主之。

居年余，妇谓陈曰："妾所蓄金已为君捐纳飞班通判，赴京投供即可选也。妾请先入京师，置屋待君。"陈曰："娘子去，我从何处访寻？"曰："君第入都，到彰义门，妾自遣人相迎。"陈如其言，后妇人两月入都，至彰义门，果有苍头跪曰："主君到迟，娘娘相待久矣。"引至米市胡同，则崇垣大厦，奴婢数十人皆跪迎叩头，如旧曾服侍者。陈亦不解其故。登堂，妇人盛服出迎，携手入房。陈问诸奴婢何以识我，曰："勿声张，妾假君形貌赴部投捐，又假君形貌买宅立契，诸奴婢投身时亦假君形貌以临之，故皆认识君。"因私教陈曰："若何姓，若何名，唤遣时须如我所嘱，毋为若辈所疑。"陈喜甚，因通书于家。

明年，陈之长子来，知父已续娶后母，入房拜见。母慈恤倍至，如所生。子亦孝敬不违。妇人曰："闻儿有妇，何不偕来？明年可同至别驾任所。"长子唯唯。妇人赠舟车费，迎其妻入京同居。忽一日，门外有少年求见，陈问何人，少年曰："吾母在此。"陈问妇人，妇人曰："是吾儿，妾前夫所生也。"唤入拜陈，并拜陈之长子，呼为兄。

居亡何，妇假日也，不在家。长子亦外出。妻王氏方梳妆，少年窥嫂有色，排窗入，拥抱求欢。王不可，少年强之，弛下衣以阴示嫂，茎头无肉而有毛，尖挺如立锥。王愈畏恶，大呼乞命。少年惧，奔出，王之裙褶已毁裂矣。长子夜归，被酒，见妻容色有异，问之，具道所以。长子不胜忿，拔几上刀寻少年。少年已卧，就帐中斫之。烛照，一狐断首而毙。陈知其事，惊骇，惧妇人假满归，必索其子命，乃即夜父子逃归绍兴。官不赴选，一钱不得着身，贫如故。

猎户除狐

海昌元化镇有富家，卧房三间在楼上，日间人俱下楼理家务。一日，其妇上楼取衣，楼门内闭加橛焉。因思家中人皆在下，谁为此者？板隙窥之，见男子坐于床，疑为偷儿，呼家人齐上。其人大声曰："我当移家此楼。我先来，家眷行且至矣。假尔床桌一用，余物还汝。"自窗间掷其箱箧零星之物于地。少顷，闻楼上聚语声，三间房内老幼杂沓，敲盘而唱曰："主人翁，主人翁！千里客来，酒无一钟。"其家畏之，具酒四桌置庭中，其桌即凭空取上。食毕，复从空掷下。此后亦不甚作恶。

富家延道士为驱除，方在外定议归，楼上人又唱曰："狗道狗道！何人敢到！"明日，道士至，方布坛，若有物捶之，跟跄奔出，一切神像法器，皆撒门外。自此日夜不宁。

乃至江西求张天师，天师命法官某来。其怪又唱曰："天师天师！无法可施。法官法官！来亦枉然。"俄而法官至，若有人捽其首而掷之，面破衣裂。法官大惭，曰："此怪力量大，须请谢法官来才可。"

谢住长安镇某观中。主人迎谢来，立坛施法，怪竟不唱，富家喜甚。忽红光一道，有白须者从空中至楼，呼曰："毋畏谢道士。谢所行法，我能破之。"谢坐厅前诵经，掷钵于地，走如飞，周厅盘旋，欲飞上楼者屡矣，而终不得上。须臾，楼上摇铜铃，琅琅声响，钵遂委地，不复转动。谢惊曰："吾力竭，不能除此怪。"即取钵走，而楼上欢呼之声彻墙外。

自是作祟无所不至，如是者又半年。冬暮大雪，有猎户十余人来借宿。其家告以"借宿不难，恐有扰累"。猎户曰："此狐也。我辈猎狐者也，但求烧酒饮醉，当有以报君。"其家即沽酒具殽馔，彻内外燃巨烛。猎户轰饮大醉，各出鸟枪，装火药，向空点放，烟尘障天，竟夕震动。迨天明雪止，始去。其家方虑，惊骇之，当更作祟，乃竟夕悄然。又数日，了无所闻。上楼察之，则群毛委地，窗槅尽开，而其怪迁矣。

藏魂坛

云贵妖符邪术最盛。贵州臬使费元龙赴滇，家奴张姓骑马上，忽大呼坠马，左腿失矣。费知妖人所为，张示云："能补张某腿者，赏若干。"随有老人至，曰："是某所为。张在省时，倚主人势，威福太过，故与为恶戏。"张亦哀求。老人解荷包，出一腿，小若蛤蟆，呵气持咒，向张掷之，两足如初，竟领赏去。

或问费公何不威以法，曰："无益也。在黔时，有恶棍某，案如山积，官府杀之，投尸于河。三日还魂，五日作恶，如是者数次。诉之抚军，抚军怒，请王命斩之，身首异处。三日后又活，身首交合，颈边隐隐然红丝一条，作恶如初。后殴其母，母来控官，手一坛，曰：'此逆子藏魂坛也。逆子自知罪大恶极，故居家先将魂提出，炼藏坛内。官府所刑杀者，其血肉之体，非其魂也。以久炼之魂，治新伤之体，三日即能平复。今恶贯满盈，殴及老妇，老妇不能容。求官府先毁其坛，取风轮扇，扇散其魂；再加刑于其体，庶几恶子乃真死矣。'官如其言，杖毙之，而验其尸，不浃旬已臭腐。"

老妪为妖

乾隆二十年，京师人家生儿辄患惊风，不周岁便亡。儿病时，有一黑物如鸺鹠[1]，盘旋灯下，飞愈疾，则小儿喘声愈急，待儿气绝，黑物乃去。

未几，某家儿又惊风。有侍卫鄂某者，素勇，闻之怒，挟弓矢相待。见黑物至，射之，中弦而飞，有呼痛声，血涔涔洒地。追之，逾两重墙，至李大司马家之灶下乃灭。

鄂挟矢之灶下，李府惊，争来问讯。鄂与李素有戚，道其故。大司马命往灶下觅之，见旁屋内一绿眼妪，插箭于腰，血犹淋漓，形若猕猴，乃大司马官云南时带归苗女，最笃老，自云不记年岁。疑其为妖，拷问之，云有咒语，念之便能身化异鸟，专待二更后出，食小儿脑，所伤者不下数百矣。

李公大怒，捆缚置薪火焚之。嗣后，长安小儿病惊风者竟断。

---

1. 鸺鹠（xiū liú）：猫头鹰的别称。

猪道人即郑鄤

明季华山寺中养一猪，年代甚久，毛尽脱落，能持斋，不食秽物，闻诵经声则叩首作顶礼状。合寺僧以"道人"呼之。

一夕，老病将死。寺中住持湛一和尚者，素有道行，将往他处说法，召其徒谓曰："猪道人若死，必碎割之，分其肉啖寺邻。"众僧虽诺之，而心以为非。已而猪死，乃私埋之。湛一归，问猪死作何处分，众僧以实告，且曰："佛法戒杀，故某等已埋葬之。"湛一大惊，即往埋猪处，以杖击地，哭曰："吾负汝！吾负汝！"众僧问故，曰："三十年后，某村有一清贵官，无辜而受极刑者，即此猪也。猪前生系宰官，有负心事，知恶劫难逃，托生为畜，来求超度。我故立意以刀解法厌胜之，不意为汝辈庸流所误。然此亦大数，无可挽回也。"

崇祯间，某村翰林郑鄤，素行端方，在东林党籍中，为其舅吴某诬其杖母事，凌迟处死，天下冤之。其时湛一业已圆寂，众方服其通因果也。

高相国种须

　　高文端公自言：年二十五作山东泗水县令时，吕道士为之相面，曰："君当贵极人臣，然须不生，官不迁。"相国自摩其颐，曰："根且未有，何况于须？"吕曰："我能种之。"是夕伺公睡熟，以笔蘸墨画颐下如星点。三日而须出矣。然笔所画，缕缕百十茎，终身不能多也。是年迁邠州牧，擢迁至总督而入相。

张奇神

　　湖南张奇神者，能以术摄人魂，崇奉甚众。江陵书生吴某独不信，于众辱之。知其夜必为祟，持《易经》坐灯下。闻瓦上飒飒作声，有金甲神排门入，持枪来刺。生以《易经》掷之，金甲神倒地，视之，一纸人耳，拾置书卷内夹之。有顷，有青面二鬼持斧齐来，亦以《易经》掷之，倒如初，又夹于书卷内。

　　夜半，其妇号泣叩门，曰："妾夫张某，昨日遣两子作祟，不料俱为先生所擒，未知有何神术，乞放归性命。"吴曰："来者三纸人，并非汝子。"妇曰："妾夫及两儿皆附纸人来，此刻现有三尸在家，过鸡鸣则不能复生矣。"哀告再三。吴曰："汝害人不少，当有此报。今吾怜汝，还汝一子可也。"妇持一纸人泣而去。明日访之，奇神及长子皆死，惟少子存。

道士作祟自毙

杭州赵清尧好弈，闻落子声，必与对枰[1]。偶游二圣庵，见道人貌陋，与客方弈，而棋甚劣，自称炼师。赵意薄之，不与交言，随即辞出。

是夕上床就寝，有鬼火二团绕其帐上。赵不为动。俄有青面锯齿鬼持刀揭帐，赵厉声呵之，旋即消灭。次夕，满床作啾啾声，如童子学语，初不甚分明，细听之，乃云："我棋劣，自称炼师，与汝何干？而敢轻我！"赵方知是道士为祟，愈益无恐。旋又闻低声云："汝大胆，刀剑不畏，我将以勾魂法取汝性命。"遂咒云："天灵灵，地灵灵，当门顶心下一针。"赵闻之，觉满身肉趯趯[2]然如欲颤者，乃强制其心，总不一动，兼以手自塞其耳，然临卧则咒声出于枕中。

赵坚忍月余，忽见道士涕泣跪于床前曰："我以一念之嗔，来行法怖汝，要汝央求，好取些财帛。不料汝总不动心，我悔之无及。我法不行于人者，反殃其身，故我昨日已死，魂无所归，愿来服役，作君家樟柳神，以赎前愆。"赵卒不答。

明日，遣人往二圣庵视之，道士果自到。嗣后，赵君一日前之事必先知之。或云道士为服役也。

---

1. 枰（píng）：棋盘。
2. 趯趯（tì）：跳动的样子。

鞭尸

桐城张、徐二友，贸易江西。行至广信，徐卒于店楼，张入市买棺为殓。棺店主人索价二千文，交易成矣。柜旁坐一老人遮拦之，必须四千。张怂然归。

是夜，张上楼，尸起相扑。张大骇，急避下楼。次日清晨，又往买棺，加钱千文。棺主人并无一言，而作梗之老人先在柜上骂曰："我虽不是主人，然此地我号'坐山虎'，非送我二千钱，与主人一样，棺不可得。"张素贫，力有不能，无可奈何，彷徨于野。又一白须翁，着蓝色袍，笑而迎曰："汝买棺人耶？"曰："然。"曰："汝受'坐山虎'气耶？"曰："是也。"白须翁手一鞭曰："此伍子胥鞭楚平王尸鞭也。今晚尸起相扑，汝持此鞭之，则棺得而大难解矣。"言毕不见。张归上楼，尸又跃起。如其言，应鞭而倒。

次日赴店买棺，店主人曰："昨夜'坐山虎'死矣，我一方之害除矣，汝仍以二千文原价来抬棺可也。"问其故，主人曰："此老姓洪，有妖法，能役使鬼魅，惯遣死尸扑人。人死买棺，彼又在我店居奇，强分半价。如是多年，受累者众。昨夜暴死，未知何病。"张乃告以白须翁赠鞭之事。二人急往视之，老人尸上果有鞭痕。或曰：白须而着蓝袍者，此方土地神也。

绳拉云

山东济宁州有役王廷贞，术能求雨，常醉酒高坐本官案桌上，自称天师。刺史怒之，笞二十板。未几，州大旱，祷雨不下。合州绅士都言其神。刺史不得已，召而谢之。良久，许诺。

令闭城南门，开城北门，选属龙者童子八名待差，使搓绳索五十二丈待用。已乃与童子斋戒三日，登坛持咒，自辰至午，云果从东起，重叠如铺绵。王以绳掷空中，似上有持之者，竟不坠落。待绳掷尽，呼八童子曰："速拉，速拉！"八童子竭力拉之，若有千钧之重。云在西则拉之来东，云在南则拉之来北，使绳如使风然。已而大雨滂沱，水深一尺，乃牵绳而下。每雷击其首，辄以羽扇撼拦，雷亦远去。

嗣后邻县苦旱，必来相延。王但索饮，不受币，且曰："一丝之受，法便不灵。每求雨一次，则家中亲丁必有损伤，故亦不乐为也。"刺史即蓝芷林亲家，芷林为余言。

烧狼筋

　　蓝府有狼筋一条，凡家中失物，烧之则偷者手足皆颤。有女公子失金钗一只，不知谁偷，乃齐奴婢姑姆数十人，取筋烧之。数十人神气平善，了无他异。但见房门布帘闪颤不已，揭视之，钗挂其上。盖女公子走过时，钗为帘所勾留耳。

陆夫人

某方伯夫人陆氏，尚书裘文达公之干女也。文达公薨后，夫人病，梦有大轿在屋瓦上行来，前立青衣者呼曰："裘大人命来相请。"夫人登轿，冉冉在云中行。

至一大庙，正殿巍峨，旁有小屋甚洁，文达公科头衣茧绸袍，二童侍，几上卷案甚多，谓夫人曰："知汝病之所由来耶？此前生孽也。"夫人跽而请曰："干爷有力能为女儿解免否？"文达公曰："此处西厢房有一妇人，现卧床上，汝往扶之。能扶起，则病可治；否则我亦不能救汝。"命小童引夫人往西厢房，果有描金床，施大红绫帐，被褥甚华，中卧赤身女尸，两目瞪视无一言。夫人扶之，手力尽矣，卒不起。

归告文达公，公曰："汝孽难消，可还家托张天师打醮，以解禳之。但天师近日心粗，禄亦将尽。某月日替苏州顾愗德家作斋文，错字甚多，上帝颇怒，奈何？"

夫人惊醒，适天师在京，遂以此言告之。天师检顾家斋表，稿中果有误字，法官所写也，心为惊悸。未几，夫人亡，天师亦亡。天师名存义。顾愗德者，辛未进士，官礼部郎中。

蛊

云南人家家畜蛊，蛊能粪金银以获利。每晚即放蛊出，火光如电，东西散流。聚众噪之，可令堕地，或蛇或虾蟆，类亦不一。人家争藏小儿，虑为所食。养蛊者别为密室，命妇人喂之，一见男子便败，盖纯阴所聚也。食男子者粪金，食女子者粪银。此云南总兵华封为予言之。

奇术

康熙间，成其范善风角。三藩之变，成为中书，凡千里外用兵之事，日有所奏，皆奇验，以此官至理藩院侍郎。常赴席东华门张参领家，已坐定矣，忽脱冠带置几上，谓主人曰："我腹痛，将如厕。"出门呼其舆夫，飞奔而归。舆夫问故，摇手曰："我与汝三人皆此日劫数中人，我不敢不到，故留衣冠以厌之。"言未毕，东华门火药局火发，延烧数十家，张参领家已为灰烬。

又有计小堂者，以妖言惑众，充发黑龙江。至旅店中，饭桌仄小，解差三人不能同坐，小堂以手扯之，顷刻桌长三尺。差役曰："汝以此得罪，尚不悛改，而作此狡狯乎？"小堂怒而起，拉其所乘马送入墙内，仅留一尾在外摇摆。差哀求，乃拔其尾而出之。至配所，与某将军交善。一日，忽来泣曰："缘尽矣，不知何时再见。"挥手作别。将军留之不可，但见小堂冉冉升空而去。将军速到彼帐中访之，则已死矣。

卖冬瓜人

　　杭州草桥门外，有卖冬瓜人某，能在头顶上出元神。每闭目坐床上，而出神在外酬应。一日，出神买鳌数片，托邻人带归，交其妻。妻接之，笑曰："汝又作狡狯耶？"将鳌搭其头。少顷，卖瓜者神归，以顶为鳌所污，彷徨床侧，神不能入，大哭去，尸亦渐僵。

仙人顶门无发

癸巳秋，张明府在毗陵遇杨道人者，童颜鹤发，惟顶门方寸，一毛不生。怪而问之，笑曰："汝不见街道上两边生草，而当中人所践踏之地不生草乎？"初不解所谓，既而思之，知囟门[1]地方故是元神出入处，故不生发也。

道人夜坐僧寺门外，僧招之内宿，决意不可。次早视之，见太阳东升，道人坐墙上吸日光。其顶门上有一小儿，圆满清秀，亦向日光舞蹈而吞吸之。

---

1. 囟（xìn）门：通常指婴儿头顶骨未合缝的地方，在头顶的前部中央。

广西鬼师

广西信奉鬼师，有陈、赖二姓，能捉生替死，病家多延之。至则先取杯水，覆以纸，倒悬病者床上。翌日来视，其水周时不滴者，云可救。或取雄鸡一只，贯白刃七八寸入鸡喉，提向病人身，运气诵咒。咒毕，鸡口不滴血者，亦云可救。拔刃掷地，鸡飞如故。若滴下点水及鸡血者，辞去勿救。其可救者，设一坛，挂神鬼像数十幅，鬼师作妇人妆，步罡持咒，锣鼓齐作。至夜，染油纸作灯，至野外呼魂，其声幽渺。邻人有熟睡者，魂即应声来。鬼师递火与之，接去后，鬼师向病家称贺，则病者愈，而来接火之人死矣。解之之术，但夜闻锣鼓声，以两脚踏土上，便无所妨。陈、赖二家，以此致富，其堂宇层层阴黑，供鬼神像甚多。

余婶母患病，呼赖鬼师视之。赖持剑捕鬼房中，有物如大蝙蝠，投入床下。赖用掌心雷击之，火倒出烧赖须。赖大怒，令煎一锅桐油，书符烧之，以手搅锅中油，闻床下鬼啾啾求饶，久之而绝，婶病果愈。

一日者，陈鬼师为某家呼魂，见蓝衣女冉冉来，逼视之，即其所生女来接火。陈大惊，掷火于地，以掌击其背，急归视女。女方睡惊觉，云梦中闻爷呼，故来。所衣蓝布衫上，手掌油迹宛然。

桂林魏太守女病危，夫人延陈鬼师视之。陈索百金为谢。太守素方严，拘而杖之，将置之狱。鬼师笑曰："杖我毋后悔。"方杖鬼师，女忽于床上呼曰："陈鬼师命二鬼杖我臀，拉我入狱！"夫人大恐，力劝放之，许以重谢。陈曰："业为祟鬼所惊，吾力不能。"女竟死。

采战之报

京师人杨某,习采战之术,能以铅条入阴窍,而呼吸进退之,号曰"运剑"。一鼓气,则铅条触壁,铿然有声;或吸烧酒至半斤。妓妾受其毒淫者众矣。

忽自悔非长生之道,乃广求丹灶良师。相传阜城门外白云观,元时为邱真人所建,每年正月十九日,必有真仙下降,烧香者毕集。杨往祠焉,见一美尼,偕众烧香,衣褶能逆风而行,风吹不动。意必仙也,向前跪求。尼曰:"汝非杨某学道者乎?"曰:"然。"曰:"我道须择人而传,不能传汝俗子。"杨愈惊,再拜不已。尼引至无人之所,与丹粒二丸,曰:"二月望日,候我于某所。此二丹与汝,可先吞一丸,临期再吞一丸,便可传道。"

杨如其言,归吞一粒,觉毛孔中作热,不复知寒,而淫欲之念百倍平时,愈益求偶。坊妓避之,无敢与交者。至期,吞丹而往。尼果先在一静室,弛其下衣,曰:"'盗道无私,有翅不飞。[1]'汝亦知古人语乎?求传道者,先与我交。"杨大喜,且自恃采战之术,耸身而上。须臾,精溃不止,委顿于地。尼喝曰:"传道传道,恶报恶

---

1. 盗道无私,有翅不飞:出自《列仙传》中的《女丸》篇。

报！"大笑而去。

　　五更苏醒，乃身卧破屋内，闻门外有卖浆者，匍匐告以故。舁至家中，三日死矣。

虾蟆蛊

朱生依仁，工书，广西庆远府陈太守希芳延为记室。方盛暑，太守招僚友饮。就席，各去冠。众见朱生顶上蹲一大虾蟆，拂之落地，忽失所在。饮至夜分，虾蟆又登朱顶，而朱不知。同人又为拂落，席间看核，尽为所毁，复不见。

朱生归寝，觉顶间作痒。次日顶上发尽脱，当顶坟起如瘤，作红色。皮忽迸裂，一蟆自内伸头瞪目而望，前二足踞顶，自腰以下在头皮内。针刺不死，引出之，痛不可耐，医不能治。有老门役曰："此蛊也，以金簪刺之当死。"试之果验，乃出其蟆。而朱生无他恙，惟顶骨下陷，若仰盂然。

返魂香

　　余家婢女招姐之祖母周氏，年七十余，奉佛甚虔。一夕寝矣，见室中有老妪立焉。初见甚短，目之渐长，手纸片堆其几上，衣蓝布裙，色甚鲜。周私忆：同一蓝色，何彼独鲜？问："阿婆蓝布从何处染？"不答。周怒骂曰："我问不答，岂是鬼乎！"妪曰："是也。"曰："既是鬼，来捉我乎？"曰："是也。"周愈怒，骂曰："我偏不受捉！"手批其颊，不觉魂出，已到门外，而老妪不见矣。

　　周行黄沙中，足不履地，四面无人，望见屋舍，皆白粉垣，甚宏敞，遂入焉。案有香一枝，五色，如秤杆长，上面一火星红，下面彩绒披覆层叠，如世间婴孩所戴刘海搭状。有老妪拜香下，貌甚慈，问周何来，曰："迷路到此。"曰："思归乎？"曰："欲归不得。"妪曰："嗅香即归矣。"周嗅之，觉异香贯脑，一惊而苏，家中僵卧已三日矣。或曰："此即聚窟山之返魂香也。"

禁魇婆

粤东崖州，居民半属黎人，有生黎、熟黎之分。生黎居五指山中，不服王化；熟黎尊官长，来见则膝行而入。

黎女有禁魇婆，能禁咒人致死。其术取所咒之人，或须发，或吐馀槟榔，纳竹筒中。夜间赤身仰卧山顶，对星月施符诵咒。至七日，某人必死，遍体无伤，而其软如绵。但能魇黎人，不能害汉人。受其害者，擒之鸣官，必先用长竹筒穿索扣其颈项下，曳之而行；否则近其身，必为所禁魇矣。

据婆云："不禁魇人，则过期己身必死。"婆中有年少者，不及笄，便能作法，盖祖传也。其咒语甚秘，虽杖杀之，不肯告人。有禁魇婆，无禁魇公，其术传女不传男。

虾蟆教书蚁排阵

余幼住葵巷，见乞儿索钱者，身佩一布袋、两竹筒。袋贮虾蟆九个，筒贮红白两种蚁约千许。到店市柜上，演其法毕，索钱三文即去。

一名"虾蟆教书"。其法：设一小木椅，大者自袋跃出坐其上，八小者亦跃出环伺之，寂然无声。乞人喝曰："教书！"大者应声曰："阁阁！"群皆应曰："阁阁！"自此连曰："阁阁"，几聒人耳。乞人曰："止！"当即绝声。

一名"蚂蚁摆阵"。其法：张红白二旗，各长尺许。乞人倾其筒，红白蚁乱走柜上。乞人扇以红旗曰："归队！"红蚁排作一行。乞人扇以白旗曰："归队！"白蚁排之作一行。乞人又以两旗互扇，喝曰："穿阵走！"红白蚁遂穿杂而行，左旋右转，行不乱步。行数匝，以筒接之，仍蠕蠕然各入筒矣。

虾蟆、蝼蚁，至微至蠢之虫，不知作何教法。

讨亡术

杭州陈以逮，善讨亡术。凡人死有未了之事者，其子孙欲问无由，必须以四金请陈作术。其术：择六岁以上童子一人，与亡人素相识者，命其闭目趺坐，在童子背后书符于其顶，其符内有"果斋寝炁八埃台庆"八字。其时命家人烧甲马于门外。书毕，即瞑目睡去。见当方土地，背负一包裹，牵马命骑，同至冥司寻亡过人，询悉其生平未了之事，毕即苏。其术尤盛行于杭城。

布政司司房土地，相沿为汉萧何。一日方作术时，童子忽瞪目大呼曰："我乃汉丞相萧何。陈以逮何等人，敢以邪术驱遣我为童子背包牵马！因汝诵《太上玄经》来教我，不敢不遵。此后如敢再尔，吾将诉之上帝，即加阴诛。"陈贪利不改。

一日行法，土地乃领童子经由枉死城中，见断体残肢，狰面恶鬼，提头掷骸，遍满马前。童子惊骇而瘖，以后不敢再奉其法。陈不得已，复教以剑决，命童子手中执一剑，仍诵前经。土地复领至前所，童子遵决舞剑，斫杀数鬼。众鬼号呼，忽见空中金光万道，众鬼喜曰："关帝降矣！"见土地揖于帝马前，喃喃不知作何语。有顷，牵童子马至帝前，帝谕之曰："我念以逮老奴才，奉太上玄宗之教，故不忍即灭其法。汝可传谕他，以后倘敢再行其术，我当即斩其首。"乃命周仓以青龙刀背击童子一下。童子大叫而醒，嗣后遂绝志不复从陈受法。

　　陈久之益贫，无所得食，偷于他处复行其术。是年秋，梦至钱塘门外黑亭子湾，见一木榜上罗列其罪：当于九月十三日诛斩妖人陈某。醒后略不为意，稍稍白其梦于人。至期，有好事者欲验其言，往至陈家，见陈身易道服，遍体书符，口诵经咒，似有解禳之法。良久，忽大叫云："被斩！被斩！"众云："汝尚能言，何以云被斩？"答云："幸我魂多，斩之不死，然亦不能久延矣。"未几病死。视其颈，皮肉虽好，而内骨已断矣。

狗熊写字

乾隆辛巳，虎丘有乞者，养一狗熊，大如川马，箭毛森立，能作字吟诗，而不能言。往观者，一钱许一看。以素纸求书，则大书唐诗一首，酬以一百钱。

一日，乞丐外出，狗熊独居。人又往，与一纸求写。熊写云："我长沙乡训蒙人，姓金名汝利。少时被此丐与其伙伴捉我去。先以哑药灌我，遂不能言。先畜一狗熊在家，将我剥衣捆住，浑身用针刺之，热血淋漓。趁血热时，即杀狗熊，剥其皮包在我身上。人血、狗血交粘生牢，永不脱落。用铁链锁我以骗人，今赚钱几数万贯矣。"书毕，指其口，泪下如雨。众人大骇，将丐者擒送有司，照采生折割律，立杖杀之。押解狗熊至长沙，交付本家。

余按：己未年，京师某官奸仆妇，被妇咬去舌尖。蒙古医来，命杀狗取舌，带热血镶上，戒百日不出门，后引见，奏对如初。元某将军入阵，受刀箭伤无算，血涌气绝。太医某命杀马，剖其腹，抱将军卧马腹中，而令数十人摇动之，如食顷，将军浴血而立，皆一理也。

人化鼠行窃

观察王某，以领饷到长沙。邑令陈公为设备公馆，将饷置卧室内。一夕甫就枕，气逆不能寐，展侧至三更，忽梁上仰尘中有物作啮木声甚厉。悬帐觇之，见顶板洞裂，大如碗，一物自上堕地。视之，鼠也，长二尺许，人立而行。王骇甚，遍索床枕间，思得一物击之，仓卒不可得。枕畔有印匣，举以掷之，匣破，印出击鼠。鼠倒地皮脱，乃一裸人。王大惊，喊，吏役皆至。已而邑令某亦来，视之，乃其素识乡绅某也，家颇饶于资，不知何以为此。讯之，瑟缩莫能对。

王即坐公馆，将动刑。其人自言：幼本贫窭，难以自存，将往沉于河。遇一人询其故，劝弗死，曰："我令汝饶衣食。"引至家，出一囊，令我以手入探之，则皆束皮成捲，叠叠重列。因随手取一皮以出，即鼠皮也。其人教以符咒，顶皮步罡，向北斗叩首，诵咒二十四下，向地一滚，身即成鼠。复付以小囊佩身畔，窃资纳于中，囊不大亦不满重也。到家诵咒，皮即解脱，复为人形。历供其积年所窃，不下数十余万。

王因问："汝今日破败前，曾否败露？"曰："此术至神，不得破败。曾记十年前，我见一木牌上客颇多赀，思往窃之。化鼠而往，缘木将上，突出一猫啮我项，我急持法解皮欲脱身逃，而砉然有声，猫皮脱，亦人也，遂被执。究所授受，其人与我同师，其术更精，要化某物，随心所变，不必借皮以成。因念同学，释我归，戒勿再为此。已改辙三年矣。缘生有五子，二子已历仕版，一子拔贡，尚有二子，思各捐一知县与之。敛家中银不足额，探知公饷甚多，故欲窃半以足数，不意遭印而败。"王因取皮，复命持咒试之，则皮与人两不相合。乃以其人付县复讯，定谳始去。

唱歌犬

长沙市中有二人牵一犬，较常犬稍大。前两足趾较犬趾爪长，后足如熊。有尾而小，耳鼻皆如人，绝不类犬，而遍体则犬毛也。能作人言，唱各种小曲，无不按节。观者如堵，争施钱以求一曲，喧闻四野。

县令荆公途遇之，命役引归，托以太夫人欲观，将厚赠之。至则先令犬入内衙讯之。顾犬曰："汝人乎？犬乎？"对曰："我亦不自知为人也，犬也。"曰："若何与偕？"对曰："我亦不自知也。"因诘以二人平素所习业，曰："我日则牵出就市，晚归即纳于桶，莫审其所为。一日，因雨未出，彼饲我于船上，得出桶，见二人启箱，箱中有木人数十，眼目手足，悉能自动。其船板下卧一老人于内，生死与否，我亦不知。"

荆公命二人鞫[1]之，初不承认，旋命烧铁针刺入鬼哭穴，极刑讯之，始言此犬乃用三岁孩子做成。先用药烂其身上皮，使尽脱；次用狗毛烧灰，和药敷之；内服以药，使疮平复，则体生犬毛而尾出，俨然犬也。此法十不得一活，若成一犬，便可获利终身。不知杀小儿无

---

1. 鞫（jū）：审讯。

限，乃成此犬。问："木人何用？"曰："拐得儿，令自择木人，得跛者、瞎者、断肢者，悉如状以为之。令作丐求钱，以肥其橐。"即率役籍其船，于船下得老人皮，自背裂开，中实以草。问何用，曰："此九十以外老人皮也，最不易得。若得而干之为屑，和药弹人身，其人魂即来供役。觅数十年，近甫得之。又以皮湿，未能作屑，乃即败露。此天也，天也！只求速死。"荆公乃曳于市，暴其罪而榜死之，犬亦饿毙。

铁牛法

湖南邑囚论死，秋决后，例多暴尸三日，然后埋。入夜，尸常不见。官吏异之，踩[1]缉四出。初以为其亲属私窃以葬，讯之，不承。

有武生某，以事赴县。行至一村镇，牵马饮于溪桥之下。水中映有人影，俯窥之，则桥洞内水干，有一人闭目趺坐于中。蹑而就之，见其襟褶间皆血污狼藉。问为谁，不答，因急趋出。适镇中有驻防汛弁，告之守备殷某。殷先入桥下，其人见殷相近，即飞左足将殷踢仆地。后入者至，救殷起，觅其人，已不见。互相嗟讶而返。

是夕雷雨，击死一人于桥柱侧，众往视，正昨日桥下人也。或云：此学铁牛法者，可以代形，而终获天谴。

---

1. 踩（cǎi）：追捕。

妖术二则

江阴有士人，学法于茅山，有术能致妇人。用乌龟壳一个，书符于上，夜拥之而卧，少顷，即见一舆舁一少妇至。或平昔有属意者，皆可召来。其妇不言，与交媾，无异生人，天将明乃去。其去时，必反系其裙以出，未知何故。据言，此乃所召之生魂也。

娄县有道士，善致天女。有求其术者，必令其人备衣裙钗钏之属，须极华丽珍贵，乃可为天女服饰。言着天宫衣不能履凡世故也。其来必在初更，须先扫净室，屏绝人迹。道人人，书符步咒，则天女始至。色果殊丽，异香袭体。人与交合，与世人无异，亦不言笑。天未明，道士来，又屏人书符，送天女去，则衣饰皆带去，无一遗存。与天女交者，皆无后祸。故其术颇为豪富家所重，即耗其资，亦不惜也。

后乃知其常通妓女为之。道士素顝[1]而长，将女裸缚于怀，以袍袭之，昏黑人莫能辨。屏人而出诸怀，服其衣饰，伪为天女绐客。将晓，仍束而去，以此分肥其衣饰。盖死后，其徒言于人云。

---

1. 顝（qi）：形容身材修长。

种蟹

盛京将军某,驻扎关东地方,向无鳖蟹,惟将军署颇饶此物。有异之者,请于将军。将军笑曰:"此非土产,乃予以人力种之。法用赤苋捣烂,以生鳖连甲剁细碎,和青泥包裹为丸,置日中晒干,投活水溪畔。七日后,俟出小鳖,取置池塘中养之。螃蟹亦如此做法。"按此法,《养鱼经》中载之,而不言能种螃蟹。据将军言,则凡介属皆可以此法种之,则是赤苋固蛤介中之返魂丹也。

● 章六

秘闻

张元妻

　　河南偃师县乡人张元妻薛氏，归宁母家。返，小叔迎之。路过古墓，树木阴森。薛氏将溲[1]焉，牵所乘驴与小叔，使视之，而挂所衣红布裙于树。溲毕返，裙失所在。归家与夫宿，侵晨不起。家人撞门入，窗牖宛然，而夫妇有身无首。告之官，不能理。拘小叔讯之，具道昨日失裙事。迹至墓所，墓旁有穴，滑溜如常有物出入者。窥之，红布裙带在外，即其嫂物。掘之，两首具在，并无棺椁。穴甚小，仅容一手。官竟不能谳[2]也。

---

1. 溲（sōu）：小便。
2. 谳（yàn）：审判，定罪。

关东毛人以人为饵

关东人许善根，以掘人参为业。故事：掘参者须黑夜往掘。许夜行劳倦，宿沙上，及醒，其身为一长人所抱。身长二丈许，遍体红毛，以左手抚许之身，又以许身摩擦其毛，如玩珠玉者然。每一摩抚，则狂笑不止。许自分将果其腹矣。

俄而抱至一洞，虎筋、鹿尾、象牙之类，森森山积。置许石榻上，取虎鹿进而奉之。许喜出望外，然不能食也。长人俯而若有所思，既而点首，若有所得。敲石为火，汲水焚锅为烹，熟而进之，许大啖。

黎明，长人复抱而出。身挟五矢，至绝壁之上，缚许于高树。许复大骇，疑将射己。俄而，群虎闻生人气，尽出穴，争来搏许。长人抽矢毙虎，复解缚，抱许曳死虎而返，烹献如故。许始心悟长人养己以饵虎也。

如是月余，许无恙，而长人竟以大肥。许一日思家，跪长人前，涕泣再拜，以手指东方不已。长人亦潸然，复抱至采参处，示以归路，并为历指产参地，示相报意。许从此富矣。

天壳

　　浑天之说：天地如鸡卵，卵中之黄白未分，是混沌也；卵中之黄白既分，是开辟也。人不能游于卵壳之外，则道家三十三天之说，终属渺茫。秦中地厚，往往崩裂，全村皆陷。有冲起黑水者，有冒出烟火者，有裂而仍合者，惟所陷之人民家室，从无再出土者，亦不知何往矣。

　　顺治三年，武威地陷。有董遇者，学炼形之术，能伏气沉海中不死。全家遭此劫，九日后，竟一身自地下起，云：初陷时，沉沉然，一日一夜，坠至于泉。其坠下之势，似飞非飞，似晕非晕，颇为顺适，犹与家人答问。一至于泉，则家口尽溺死。

　　董伏气入水底千余丈，乃复干燥，觉四面纯黄色。已而渐明，下视苍苍然，有天在下。细听之，人民鸡犬之声，因风而至。我意此是天壳之外天也，得落第二层天宫固佳，即落在人家瓦上，岂不敬我为天上人耶？因极力将身挣坠，为罡风所勒，兜卷空中，终不得下。俄而有古衣冠人，长二丈余，叱曰："此两天分界处，万古神圣不破此关。汝何人，作此妄想？速趁地未合时，仍归汝世界；否则大地一合百万丈，汝能穿水，不能穿土，死矣！"

　　语未毕，忽金光万道，自远而来，热不可耐。古衣冠者抚其背曰："速行，速行，日轮至矣！我且避去，汝血肉之身，不走将炽为飞灰。"董闻之悚然，即运气腾身而上。面目为水土所蚀，黑如焦炭。衣服肌肤，粘结一片，逾月始复人形，自称劫外叟。

余按《淮南子》曰：温带之下，无血气之伦。日轮所近，即温带矣。

雷诛营卒

乾隆三年二月间，雷震死一营卒。卒素无恶迹，人咸怪之。有同营老卒，告于众曰：

"某顷已改行为善。二十年前披甲时曾有一事，我因同为班卒，稔知之。某将军猎皋亭山下，某立帐房于路旁。薄暮，有小尼过帐外。见前后无人，拉入行奸。尼再四抵拦，遗其裤而逸。某追半里许，尼避入一田家，某怅怅而返。

"尼所避之家，仅一少妇，一小儿，其夫外出佣工。见尼入，拒之，尼语之故，哀求假宿。妇怜而许之，借以己裤，尼约以三日后当来归还，未明即去。

"夫归，脱垢衣欲换。妇启箧，求之不得，而己裤故在。因悟前仓卒中误以夫裤借去。方自咎未言，而小儿在旁曰：'昨夜和尚来穿去耳。'夫疑之，细叩踪迹。儿具告和尚夜来哀求阿娘，如何留宿，如何借裤，如何带黑出门。妇力辩是尼非僧。夫不信，始以詈骂，继加捶楚。妇遍告邻佑，邻佑以事在昏夜，各推不知。妇不胜其冤，竟缢死。

"次早，其夫启门，见女尼持裤来还，并篮贮糕饵为谢。其子指以告父曰：'此即前夜借宿之和尚也。'夫悔，痛杖其子，毙于妇枢前，己亦自缢。邻里以经官不无多累，相与殡殓，寝其事。

"次冬，将军又猎其地，土人有言之者。余虽心识为某卒，而事既寝息，遂不复言。曾密语某，某亦心动，自是改行为善，冀以盖愆[1]，而不虞天诛之必不可逭[2]也。"

---

1. 愆（qiān）：罪过。
2. 逭（huàn）：逃避。

旁观因果

常州马秀才士麟自言：幼时从父读书北楼，窗开处与卖菊叟王某露台相近。一日早起，倚窗望，天色微明，见王叟登台，浇菊毕，将下台，有担粪者荷二桶升台，意欲助浇。叟色不悦，拒之，而担粪者必欲上，遂相挤于台坡。天雨台滑，坡仄且高，叟以手推担粪者，上下势不敌，遂失足陨台下。叟急趋扶之，未起，而双桶压其胸，两足蹶然直矣。叟大骇，噤不发声，曳担粪者足，开后门，置之河干；复举其桶，置尸傍，归，闭门复卧。马时虽幼，念此关人命事，不可妄谈，掩窗而已。日渐高，闻外哄传河干有死人，里保报官。日午，武进知县鸣锣至，仵作跪启："尸无伤，系失足跌死。"官询邻人，邻人齐称不知。乃命棺殓加封焉，出示招尸亲而去。

事隔九年，马年二十一，入学为生员。父亡家贫，即于幼时读书所招徒授经。督学使者刘吴龙将临岁考，马早起温经，开窗，见远巷有人肩两桶冉冉来，谛视之，担粪者也。大骇，以为来报叟仇。俄而过叟门不入，别行数十步，入一李姓家。李颇富，亦近邻而居相望者也。马愈疑，起尾之。至李门，其家苍头[1]踉跄出，曰："吾家娘子分

---

1. 苍头：旧时仆役以青巾包头，故称"苍头"。

娩甚急，将往招收生婆。"问有担桶者入乎，曰："无。"言未毕，门内又一婢出，曰："不必招收生婆，娘子已产一官人矣。"马方悟担粪者来托生，非报仇也。但窃怪李家颇富，担粪者何修得此，自此留心访李家儿作何举止。

又七年，李氏儿渐长，不喜读书，好畜禽鸟。而王叟康健如故，年八十余，爱菊之性老而弥笃。一日者，马又早起倚窗。叟上台灌菊，李氏儿亦登楼放鸽。忽十余鸽飞集叟花台栏杆上，儿惧飞去，再三呼鸽不动。儿不得已，寻取石子掷之，误中王叟。叟惊失足，陨于台下，良久不起，两足蹶然直矣。儿大骇，噤不发声，默默掩窗去。日渐高，叟之子孙咸来寻翁，知是失足跌死，哭殓而已。

此事闻于刘绳庵相公。相公曰："一担粪人，一叟，报复之巧如此，公平如此。而在局中者，彼此不知，赖马姓人冷观历历。然则天下事，吉凶祸福，各有来因，当无丝毫舛错，而惜乎从旁冷观者之无人也。"

常熟程生

　　乾隆甲子，江南乡试。常熟程生，年四十许，头场已入号矣。夜忽惊叫，似得疯病者。同号生怜而问之，俯首不答。日未午，即收拾考篮，投白卷求出。同号生不解其意，牵裾强问之。曰：

　　"我有亏心事发觉矣。我年未三十时，馆[1]某搢绅家。弟子四人，皆主人之子侄也。有柳生者年十九，貌美。余心慕，欲私之，不得其间。适清明节，诸生俱归家扫墓，惟柳生与余相对。余挑以诗曰：'绣被凭谁寝，相逢自有因。亭亭临玉树，可许凤栖身？'柳见之脸红，团而嚼之。余以为可动矣，遂强以酒，俟其醉而私焉。五更柳醒，知已被污，大恸。余劝慰之，沉沉睡去。天明，则柳已缢死床上矣。家人不知其故，余不敢言，饮泣而已。

　　"不料昨进号，见柳生先坐号中，旁一皂隶，将我与柳齐牵至阴司处。有官府坐堂上，柳诉良久，余亦认罪。神判曰：'律载：鸡奸者，照以秽物入人口例，决杖一百。汝为人师，而居心淫邪，应加一等治罪。汝命该两榜，且有禄籍，今尽削去。'柳生争曰：'渠应抵命，杖太轻。'阴官笑曰：'汝虽死，终非程所杀也。倘程因汝不

---

1. 馆：旧时教学的地方，此指教书。

从而竟杀汝，将何罪以抵之？且汝身为男子，上有老母，此身关系甚大，何得学妇女之见，羞忿轻生？《易》称：'窥观女贞，亦可丑也。'从古朝廷旌烈女不旌贞童，圣人立法之意，汝独不三思耶？'柳闻之大悔，两手自搏，泪如雨下。神笑曰：'念汝迂拘，着发往山西蒋善人家作节妇，替他谨守闺门，享受旌表。'

"判毕，将我杖三十放还魂，依然在号中。现在下身痛楚，不能作文，就作文亦终不中也。不去何为？"遂呻吟颓唐而去。

大毛人攫女

西北妇女小便，多不用溺器。陕西咸宁县乡间有赵氏妇，年二十余，洁白有姿。盛夏月夜，裸而野溺，久不返。其夫闻墙瓦飒拉声，疑而出视，见妇赤身爬据墙上，两脚在墙外，两手悬墙内，急而持之。妇不能声，启其口，出泥数块。始能言，曰："我出户溺，方解裤，见墙外有一大毛人，目光闪闪，以手招我。我急走，毛人自墙外伸巨手提我髻至墙头，以泥塞我口，将拖出墙。我两手据墙挣住，今力竭矣，幸速相救。"

赵探头外视，果有大毛人，似猴非猴，蹲墙下，双手持妇脚不放。赵抱妇身，与之夺，力不胜，乃大呼村邻。邻远，无应者。急入室取刀，拟断毛人手救妇，刀至而妇已被毛人拉出墙矣。赵开户追之，众邻齐至，毛人挟妇去，走如风，妇呼救声尤惨。追二十余里，卒不能及。

明早随巨迹而往，见妇死大树间，四肢皆巨藤穿缚，唇吻有巨齿啮痕，阴处溃裂，骨皆见，血裹白精，溃地斗余。合村大痛，鸣于官，官亦泪下，厚为殡殓。召猎户擒毛人，卒不得。

九夫坟

　　句容南门外有九夫坟。相传昔有妇人甚美，夫死，止一幼子，家赀甚厚。乃招一夫，生一子，夫又死，即葬于前夫之侧。而又赘一夫，复死如前。凡嫁九夫，生九子，环列九坟。妇人死，葬于九坟之中。每日落时，其地即起阴风，夜有呼啸争斗之声，若相媢[1]而夺此妇者。行路不敢过，邻村为之不安，相率诉于邑令赵天爵。随至其地，排衙呼皂隶，于各坟头持大杖重责三十，自此寂然。

---

1. 媢（mào）：嫉妒。

凤凰山崩

同年沈永之，任云南驿道时，奉制府璋公之命，开凤凰山八十里，通摆夷苗路。山径险峭，自汉唐来人迹未到处也。每斫一树，有白气自其根出，如匹练升天。虾蟆大如车轮，见人辄瞪目怒视，当之者登时仆地。土人醉烧酒，以雄黄塞鼻，持巨斧斫杀之，烹食可疗三日饥。

忽一日，有美女艳装从山洞奔出，役夫数千人皆出洞追而观之，老成者不动心，操作如故。俄而山崩，不出洞者压死矣。沈公为余述其事，且戏曰："人之不可不好色也，有如是夫！"

妖梦三则

柘城李少司空季子继迁成进士。司空及太夫人殁后，继迁患危疾，梦太夫人教服参。因以告医，医曰："参与病相忌，不可服。"是夜，复梦太夫人云："医言不可听，汝求生非参不可。我有参几许，在某处，可用。"探之果得，服之，夜半发狂死。

陆射山征君梦尊人孝廉公云："吾窀穸[1]内为水所浸，甚苦。皋亭山顶有地一区，系某姓求售，曷往买而移葬，吾神所依也。"访之果合，因以重值得之。及改葬，旧穴了无水，且暖气如蒸，悔已无及。迁葬后，征君日就困踬，子孙流离。

江宁报恩寺僧房，每科场年，赁为举子寓所。六合张生员者，住某僧房有年。其寺主老僧悟西已死。张以不第心灰，数科不至。忽一岁，悟西托梦其徒曰："速买舟过江，延张相公来应试，张相公今岁登科。"其徒告张。张喜，渡江应试。发榜后，仍不第。张愠甚，因设祭诟之。夜梦悟西来云："今年科场粥饭，冥司派老僧给散，一名不到，老僧无处开销。相公命中尚应吃三场十一碗冷粥饭，故令愚徒相延，以免我谴，非敢诳也。"

---

1. 窀穸（zhūn xī）：墓穴。

龙阵风

乾隆辛酉秋，海风拔木，海滨人见龙斗空中。广陵城内外，风过处，民间窗槅、帘箔及所晒衣物，吹上半天。有宴客者，八盘十六碟随风而去。少顷，落于数十里外李姓家，肴果摆设，丝毫不动。尤奇者，南街上"清白流芳"牌楼之左，一妇人沐浴后簪花傅粉，抱一孩，移竹榻坐于门外，被风吹起，冉冉而升，万目观望，如虎丘泥偶一座。少顷，没入云中。

明日，妇人至自邵伯镇，镇去城四十余里，安然无恙，云："初上时，耳听风响，甚怕。愈上愈凉爽，俯视城市，但见云雾，不知高低；落地时亦徐徐而坠，稳如乘舆，但心中茫然耳。"

误尝粪

　　常州蒋用庵御史，与四友同饮于徐兆璜家。徐精饮馔，烹河豚尤佳，因置酒请六客同食河豚。六客虽贪河豚味美，各举箸大啖，而心不能无疑。忽一客张姓者，斗然倒地，口吐白沫，噤不能声。主人与群客皆以为中河豚毒矣，速购粪清灌之，张犹未醒。五人大惧，皆曰："宁可服药于毒未发之前。"乃各饮粪清一杯。

　　良久，张竟苏醒，群客告以解救之事。张曰："小弟向有羊儿疯之疾，不时举发，非中河豚毒也。"于是五人深悔无故而尝粪，且嗽且呕，狂笑不止。

拘忌

塞侍郎某，性多拘忌，每遇人谈有"死丧"二字，必作喷嚏以啐散之。路逢殡柩，则急往亲友家，解下衣帽，扑散数次，以为将晦气撒在人家，与己无与矣。

又，薛生白常往李侍郎家看病，清晨往，待至日午始出。侍郎以面向内，以背向外，两公子扶之而行。坐定诊脉，口答病源，终不回顾。薛大骇，疑其面有恶疾，故不向客。问其家人，家人云："主人貌甚丰满，并无恶疾。所以然者，以某日喜神方在东，故不肯背之而出；又是日辰巳有冲，故必正午方出耳。"

白莲教

　　京山富人许翁，世居桑湖畔，娶新妇某，妆奁颇厚。有偷儿杨三者羡之。年余，闻翁送其子入京，新妇有孕，相伴惟二婢，乃夜入其室，伏暗处伺之。

　　至三更后，灯光下见有一人，深目虬须，负黄布囊，爬窗而入。杨念吾道中无此人，屏息窥之。其人袖出香一枝，烧之于灯，置二婢所；随向妇寝处喃喃诵咒，妇忽跃起，向其人赤身长跪。其人开囊出一小刀，剖腹取胎，放小磁罐中，背负而出，妇尸仆于床下。

　　杨大惊，出户尾之。至村口一旅店，抱持之，大呼曰："主人速来，吾捉得一妖贼！"众邻齐至，视其布囊，小儿胎血犹溁溁也。众大怒，持锹锄击之。其人大笑，了无所伤。乃沃以粪，始不能动。

　　及旦，送官刑讯，曰："我白莲教也，伙伴甚多。"方知汉、湘一带胎妇身死者，皆受此害。狱成，凌迟其人，赏偷儿银五十两。

红毛国人吐妓

　　红毛国多妓。嫖客置酒召妓，剥其下衣，环聚而吐口沫于其阴，不与交媾也。吐毕放赏，号"众兜钱"。

大力河

孙某作打箭炉千总，其所辖地，阴雨两月。忽一日雨止，仰天见日光。孙喜，出舍视之。顷刻烟沙蔽天，风声怒号，孙立不牢，扑地乱滚，似有人提其辫发而颠掷之者，腿脸俱伤。孙心知是地动，忍而待之。食顷动止，起视人民与自家房屋，全已倾圮。

有一弟逃出未死，彼此惶急。孙老于居边者，谓弟曰："地动必有回潮，不止一次。我与汝须死在一处。"乃各以绳缚其身，两相拥抱。言未毕，而怪风又起，两人卧地，颠播如初。幸沙不眯眼，见地裂数丈，有冒出黑风者；有冒出火光如带紫绿二色者；有涌黑水臭而腥者；有现出人头大如车轮，目眈眈斜视四方者；有裂而仍合者；有永远成坑者。兄弟二人，竟得无恙。乃埋葬全家，掘出货物，各自谋生。

先三月前，有疯僧持缘簿一册，上写"募化人口一万"。孙恶其妖言，将擒之送县。僧已立一杨柳小枝上，曰："你勿送我到县，送我塞大力河水口可也。"言毕不见。是年地动日，四川大力河水冲决，溺死万余人。

女化男

　　耒阳薛姓女，名雪妹，许字黄姓子。嫁有日矣，忽病危，昏瞆中有白须老人拊其身，至下体，女羞涩支拒。白须翁迫以物纳之而去。女大啼，父母惊视之，已转为男身矣，病亦霍然。

　　邹令张锡组署耒阳篆，陶悔轩方伯以会审来，唤验之，果然。面貌声音，犹作女态，但肾囊微隙，宛然阴沟也。薛本二子，得此为三，改雪妹名为雪俫。

黑苗洞

　　湖南房县，在万山之中，西北八百里，皆丛山怪岭，苗洞以千数，无人敢入。有采樵者误入洞内，迷路不能出。见数黑人，浑身生毛，语兜离似鸟，以草结巢，栖于树巅。见樵人，喜，以藤缚其手足，挂于树梢。樵者自分死矣。

　　俄而一老妪从他巢中来，白发高颧，略似人形，言语犹作楚声，谓樵者曰："汝何误入此洞耶？我亦房县城中人。康熙某年，年荒乞食，迷入此洞。诸黑苗初欲食我，后摸我下体，知为女，遂留居巢中为妻。"指二黑毛人曰："此我儿也，尚听我说话，我当救汝。"樵人跪谢。老妪腾身上树，亲解其缚，袖中出栗枣数枚，曰："为汝疗饥。"随向二黑毛人耳语良久，语呶呶莫辨。手树枝一条，缚布巾于上，曰："有尔等同类，欲害我乡邻者，以此示之，俾知我意。"

　　二毛人送樵人，行三日许，才得原路归。路上人皆曰："此黑苗洞也。迷入者都被其啖，从无归者。"

人畜改常

《搜神记》有"鸡不三年，犬不六载"之说，言禽兽之不可久畜也。

余家人孙会中，畜一黄狗甚驯，常喂饭，狗摇尾乞怜，出入必相迎送，孙甚爱之。一日，手持肉与食，狗嚼其手，掌心皆穿，痛绝于地，乃棒狗杀之。

扬州赵九，善养虎，槛虎而行。路人观者先与十钱，便开槛出之，故意将头向虎口摩擦，虎涎满面，了无所伤，以为笑乐。如是者二年有余。一日在平山堂下索钱，又将头擦虎口，虎口张，一啮而颈断。众人报官，官召猎户以枪击虎杀之。

人皆曰"鸟兽不可与同群"，余曰不然，人亦有之。乾隆丙寅，余宰江宁，有报杀死一家三人者。余往相验，凶手乃尸亲之妻弟刘某。平日郎舅姊弟甚和，并无嫌隙。其姊生子，年甫五岁，每舅氏来，代为哺抱，以为惯常。

是年五月十三日，刘又来抱甥，姊便交与刘，乃掷甥水缸中，以石压杀之。姊惊走视，便持割麦刀斫姊，断其头。姊夫来救，又持刀刺其腹，出肠尺余，尚未气绝。余问有何冤仇，伤者极言平日无冤，言终气绝。问刘，刘不言，两目斜视，向天大笑。余以此案难详，立时杖毙之，至今不解何故。

又有寡妇某，守节二十余年，内外无间言。忽年过五十，私通一奴，至于产难而亡。其改常之奇，皆虎狗类矣。

奇骗

骗术之巧者，愈出愈奇。金陵有老翁，持数金至北门桥钱店易钱，故意较论银色，哓哓不休。一少年从外入，礼貌甚恭，呼翁为老伯，曰："令郎贸易常州，与侄同事，有银信一封，托侄寄老伯，将往尊府，不意侄之路遇也。"将银信交毕，一揖而去。

老翁拆信，谓钱店主人曰："我眼昏不能看家信，求君诵之。"店主人如其言，皆家常琐屑语，末云："外纹银十两，为爷薪水需。"翁喜动颜色，曰："还我前银，不必较论银色矣。儿所寄纹银，纸上书明十两，即以此兑钱何如？"主人接其银称之，十一两零三钱。疑其子发信时匆匆未检，故信上只言十两。老人又不能自称，可将错就错，获此余利，遽以九千钱与之。时价纹银十两，例兑钱九千。翁负钱去。

少顷，一客笑于旁曰："店主人得无受欺乎？此老翁者，积年骗棍，用假银者也。我见其来换钱，已为主人忧，因此老在店，故未敢明言。"店主惊，剪其银，果铅胎，懊恼无已。再四谢客，且询此翁居址。曰："翁住某所，离此十里余，君追之，犹能及之。但我翁邻也，使翁知我破其法，将仇我。请告君以彼之门向，而君自往追之。"店主必欲与俱，曰："君但偕行至彼地，君告我以彼门向，君即脱去；则老人不知是君所道，何仇之有？"客犹不肯，乃酬以三金，客若为不得已而强行者。

同至汉西门外，远望见老人摊钱柜上，与数人饮酒。客指曰："是也，汝速往擒，我行矣。"店主喜，直入酒肆，捽老翁殴之，曰："汝积骗也，以十两铅胎银，换我九千钱！"众人皆起问故，老翁夷然曰："我以儿银十两换钱，并非铅胎。店主既云我用假银，我之原银可得见乎？"店主以剪破原银示众。翁笑曰："此非我银。我止十两，故得钱九千。今此假银，似不止十两者，非我原银，乃店主来骗我耳。"酒肆人为持戥[1]称之，果十一两零三钱。众大怒，责店主。店主不能对，群起殴之。

店主一念之贪，中老翁计，懊恨而归。

---

1. 戥（děng）：一种小型的秤，用来称金、银、药品等分量小的东西。

产公

广西太平府僚妇生子，经三日便澡身于溪河。其夫乃拥衾抱子，坐于寝榻，卧起饮食，皆须其妇扶持之，稍不卫护，生疾一如孕妇，名曰"产公"，而妻反无所苦。查中丞俭堂云。

黑霜

四海本一海也，南方见之为南海，北方见之为北海，证之经传皆然。

严道甫向客秦中，晤诚毅伯伍公云：雍正间奉使鄂勒，素闻有海在北界，欲往视，国人难之。固请，乃派西洋人二十名，持罗盘火器，以重毡裹车，从者皆乘橐驼随往。

北行六七日，见有冰山如城郭，其高入天，光气不可逼视。下有洞穴，从人以火照罗盘，蜿蟺而入，行三日乃出。出则天色黯淡如玳瑁，间有黑烟吹来，着人如砂砾。洋人云："此黑霜也。"每行数里，得岩穴则避入，以硝磺发火，盖其地不生草木，无煤炭也，逾时复行。

如是又五六日，有二铜人对峙，高数十丈，一乘龟，一握蛇，前有铜柱，虫篆不可辨。洋人云："此唐尧皇帝所立，相传柱上乃'寒门'二字。"因请回车，云："前去到海约三百里，不见星日，寒气切肌，中之即死。海水黑色如漆，时复开裂，则有夜叉怪兽起来攫人，至是水亦不流，火亦不热。"公因以火着貂裘上试之，果不然，因太息而回。

入城，检点从者，五十人冻死者二十有一。公面黑如漆，半载始复故，随从人有终身不再白者。

铜人演西厢

　　乾隆二十九年，西洋贡铜伶十八人，能演《西厢》一部。人长尺许，身躯、耳目、手足悉铜铸成。其心腹肾肠皆用关键凑接，如自鸣钟法。每出插匙开锁，有一定准程，误开则坐卧行止乱矣。张生、莺莺、红娘、惠明、法聪诸人，能自行开箱着衣服，身段交接，揖让进退，俨然如生，惟不能歌耳。一出演毕，自脱衣，卧倒箱中。临值场时，自行起立，仍上戏毯。西洋人巧，一至于此。

双花庙

　　雍正间，桂林蔡秀才，年少美风姿。春日戏场观戏，觉旁有摩其臀者，大怒，将骂而殴之。回面，则其人亦少年，貌更美于己。意乃释然，转以手摸其阴。其人喜出望外，重整衣冠，向前揖道姓名，亦桂林富家子，读书而未入泮者也。两人遂携手行，赴杏花村馆燕饮盟誓。此后，出必同车，坐必同席，彼此熏香剃面，小袖窄襟，不知乌之雌雄也。

　　城中恶棍王秃儿，伺于无人之处，将强奸焉。二人不可，遂杀之，横尸城角之阴。两家父母报官相验，捕役见秃儿衣上有血，擒而讯之，吐情伏法。两少年者，平时恂恂，文理通顺，邑人怜之，为立庙，每祀必供杏花一枝，号"双花庙"。偶有祈祷，无不立应，因之香火颇盛。

　　数年后，邑令刘大胡子过其地，问"双花庙"原委，得其详，怒曰："此淫祠也。两恶少年，何祀之为？"命里保毁之。是夜，刘梦见两人，一捽其胡，一唾其面，骂曰："汝何由知我为恶少年乎？汝父母官，非吾奴婢，能知我二人枕被间事乎？当日三国时，周瑜、孙策俱以美少年交好，同寝宿。彼盖世英雄，汝亦以为恶少年乎？汝作令以来，某事受枉法赃若干，某年枉杀周贡生，汝独非恶人，而谓我恶乎？吾本欲立索汝命，因王法将加，死期已近，姑且饶汝。"袖中出一棍，长三尺许，系刘辫发上，曰："汝他日自知。"

刘惊醒，与家人言，将复建庙祀之，而赧于发言。未几，以赃事被参，竟伏绞罪，方知一棍之征也。

风流具

　　长安蒋生，户部员外某第三子也，风流自喜。偶步海岱门，见车上妇美，初窥之，妇不介意，乃随其车而尾之。妇有愠色，蒋尾不已，妇转嗔为笑，以手招蒋。蒋喜出意外，愈往追车，妇亦回头顾盼，若有情者。蒋神魂迷荡，不知两足之蹒跚也。

　　行七八里，至一大宅，车中妇入，蒋痴立门外，不敢近，又不忍去。徘徊间，有小婢出，手招蒋，且指示宅旁小门。蒋依婢往，乃溷圊[1]所也。婢低语："少待。"蒋忍臭秽，屏息良久。日渐落，小婢出，引入。历厨灶数重，到厅院，甚堂皇，上垂朱帘，两僮倚帘立。蒋窃喜，以为入洞天仙子府矣。重整冠，拂拭眉目，径上厅。厅南大炕上坐一丈夫，麻黑大胡，箕踞两腿，毛如刺猬，倚隐囊，怒喝曰："尔何人，来此何为？"蒋惊骇，身战，不觉屈膝。

　　未及对，闻环佩声。车中妇出于室，胡者抱坐膝上，指谓生曰："此吾爱姬，名珠团，果然美也。汝爱之，原有眼力。第物各有主，汝竟想吃天龙肉耶？何痴妄乃尔！"言毕，故意将妇人交唇摩乳以夸

---

1. 溷圊（hùn qīng）：厕所。

示之。生窘急，叩头求去。胡者曰："有兴而来，不可败兴而去。"问何姓，父何官，生以实告。胡者笑曰："而愈妄矣！而翁，吾同部友也。为人子侄而欲污其伯父之妾，可乎？"顾左右："取大杖，吾将为吾友训子！"

一僮持枣木棍，长丈余，一僮直前，按其项仆地，裤剥下，双臀呈矣。生哀号甚惨，妇人走下榻，跽而请曰："奴乞爷开恩。奴见渠臀比奴臀更柔白，以杖击之，渠不能当。以龙阳待之，渠尚能受。"胡者叱曰："渠，我同寅儿也，不可无礼！"妇又请曰："凡人上庙买物，必挟买物之具，渠挟何具以来，请验之。"胡者喝验，两僮手摩其阴，报曰："细如小蚕，皮未脱稜。"胡者搔其面曰："羞，羞。挟此恶具而欲唐突人妇，尤可恶！"掷小刀与两僮曰："渠爱风流，为修整其风流之具。"僮持小刀握生阴，将削其皮。生愈惶急，涕雨下。

妇两颊亦发赤，又下榻请曰："爷太恶谑，使奴大惭。奴想吃饽饽，有五斗麦未磨，毛驴又病，不如着渠代驴磨面赎罪。"胡者问愿否，生连声应诺。妇人拥胡者高卧，两僮负麦及磨石至，命生于窗外磨麦，两僮以鞭驱之。

东方大白，炕上呼云："昨蒋郎苦矣，赐饽饽一个，开狗洞放归。"生出，大病一月。

偷靴

　　或着新靴行市上，一人向之长揖，握手寒暄。着靴者茫然曰："素不相识。"其人怒，骂曰："汝着新靴，便忘故人！"掀其帽，掷瓦上，去。

　　着靴者疑此人醉故酗酒。方徬徨间，又一人来笑曰："前客何恶戏耶？尊头暴烈日中，何不上瓦取帽？"着靴者曰："无梯，奈何？"其人曰："我惯作好事，以肩当梯，与汝踏上瓦，何如？"着靴者感谢。乃蹲地上，耸其肩。着靴者将上，则又怒曰："汝太性急矣！汝帽宜惜，我衫亦宜惜。汝靴虽新，靴底泥土不少，忍污我肩上衫乎？"着靴者愧谢，脱靴交彼，以袜踏肩而上。

　　其人持靴径奔，取帽者高居瓦上，势不能下。市人以为两人交好，故相戏也，无过问者。失靴人哀告街邻，寻觅得梯才下，持靴者不知何处去矣。

伏波滩义犬

伏波滩，入广之要区，因其地有汉伏波将军庙而名也。

某年，有客收债而返，泊其处。船户数人，夜操刀直入，曰："汝命当毕于斯。我辈盗也，可出受死，勿令血污船舱，又需涤洗。"客哀求曰："财物悉送公等，肯俾我全尸而毙，不惟中心无憾，且当以四百金为酬。"盗笑曰："子所有尽归吾囊橐，又何从另有四百金？"客曰："君但知舟中物，岂识其余？"乃出券示之，曰："此项现存某行，执券往索可得。惟我清醒受死，殊难为情。请赐尽醉，裹败席而终，可乎？"盗怜其诚，果与大醉，席卷而绳缚之，抛掷于河。

甫溺，有犬跃而从焉，俱顺流傍岸。犬起，抓击庙门。僧问为谁，不应。及启关，见犬走入，浑身淋漓，衔僧衣不放，若有所引。随至河边，见裹尸，俱欲散去。犬复作遮拦状，僧喻其意，抬尸至庙，抚之，酒气熏腾，犹有鼻息。解其缚，验席上有齿痕，始知是犬啮断，乃与茶汤而卧。

明晨，客醒曰："盗走水路，我辈从陆告官，当先盗至。"盖度其必执券而往某行也。僧诺，与俱。盗果未至，因告行主人以故，戒勿泄。俄而盗果持券至，主人伪为趋奉，遣客鸣官，遂皆擒获。客偕犬同归，终老于家，不复再出，著《义犬记》。

沙弥思老虎

　　五台山某禅师，收一沙弥，年甫三岁。五台山最高，师徒在山顶修行，从不一下山。

　　后十余年，禅师同弟子下山。沙弥见牛马鸡犬，皆不识也。师因指而告之曰："此牛也，可以耕田；此马也，可以骑；此鸡犬也，可以报晓，可以守门。"沙弥唯唯。少顷，一少年女子走过，沙弥惊问："此又是何物？"师虑其动心，正色告之曰："此名老虎，人近之者，必遭咬死，尸骨无存。"沙弥唯唯。

　　晚间上山，师问："汝今日在山下所见之物，可有心上思想他的否？"曰："一切物我都不想，只想那吃人的老虎，心上总觉舍他不得。"

禅师吞蛋

　　得心禅师行脚至一村乞食，村中人皆浇薄，尤多恶少年，语师曰："村中施酒肉，不施蔬笋。果然饿三日，当备斋供。"至三日，请师赴斋，依旧酒肉杂陈。盖欲师饥不择食，以取鼓掌捧腹之快。师连取鸡蛋数个吞之，说偈曰："混沌乾坤一口包，也无皮血也无毛。老僧带尔西天去，免受人间宰一刀。"众人相顾若失，遂供养村中。

狐仙惧内

纪仪庵有质库[1]在西城，中一小楼为狐所据，夜恒闻其语声，然不为人害，久亦相安。一夜，楼上诟谇鞭笞声甚厉，群往听之。忽闻负痛疾呼曰："楼下诸公，皆当明理，世有妇挞夫者耶？"适中一人，方为妇挞，面上爪痕犹未愈。众哄然一笑，曰："是固有之，不足为怪。"楼上群狐亦哄然一笑。其斗遂解，闻者无不绝倒。

---

1. 质库：当铺。

多官

多官，闽莆田人。褓襁失怙恃[1]，嫂郑氏乳之。长而美丽，兄嫂皆爱之。兄远贾外出，或经年不归。嫂常居母家，携叔去，令出就外傅。邑有叶先生授徒于家，多官往学焉。

江西陈仲韶，贵公子也。年十八，举于乡。兄宦闽，以丧偶故往省。路出莆田，值雨，遭多官于道，神为之夺，下舆随行。多官回顾，见其抠鲜衣，曳粉靴，走泥淖中，状若狂痴，心颇疑之。仲韶卒尾至其家，苦不得入。访于邻，始知为多官，自书塾归，乃至其嫂家也。

仲韶抵兄署，与其婢京儿谋，欲得多官。京曰："子盍以游学请诸兄？允则事济矣。"兄果喜。仲托莆令修厚贽[2]于叶。叶馆以公子礼，不知为先达也。仲遍谒同学，多官出见，骇然良久，心知客为己来，自是绝不过从，惟扃户而读。居匝月，终无由通款[3]。

一夕，闻多官呻吟声，瞰之，病卧在床。叶偕医来，诊其脉，曰："虚怯将脱，非参四两不治。"叶闻，欲送之归。仲韶勃然曰：

---

1. 怙恃（hù shì）：父母。
2. 贽（zhì）：旧时初次拜见尊长所送的礼物。
3. 通款：互相表达心意。

"渠家贫，安能办此？即归亦死耳！"立启箧出金授医，复语叶曰："有故，悉我任。"遂亲侍汤药，衣不解带者半月有余。多官旋愈，深德仲韶，于是来往颇密，然终无戏容。

仲无间可入，复谋于京儿。京曰："吾知其感公子矣，不知其爱公子否，可佯病试之。"如其言。多官来，亦如仲之侍己疾者。京儿贿医诡云："药中须人臂血，疾始可治。"命京，京佯不可。多官在旁无语，至暗中乃刺血和药以进。仲知之，大喜，以为从此可动也。适兄膺荐入都，招仲偕往。多官闻之，乃夜就仲室，曰："曩者公子倾金活我，非爱我故耶？今行有日矣，义不忍负公子，请缔三日好，誓守此身以待。"即宿于仲所三日，仲乃行。

叶有甥名淳者，性淫恶而颇饶膂[1]力，涎多官美，欲与狎，不可。一日，仲韶使至，多官置来书案上，出询仲起居。淳潜入，见仲书多亲昵语，喜曰："是可劫也。"多官来，袖书示之，曰："汝从陈公子，独不可从我乎？"多官初欲拒之，已而思有书在，虑不能灭其迹，复佯笑曰："若还吾书，今夕当从汝。"淳喜，还书而出。多官焚之，乃作二札，一与仲诀，一以告嫂，纳诸箧，即取所佩刀自刭。嫂闻信至，启箧得书，讼其事。淳瘐死狱中。

仲韶归，见所遗书，一恸几绝。感其义，誓不再娶。一夕，梦多官来曰："不可以我故废君祀。君娶，我将为君后。"从之，果举一子，眉目绝似多官，因名喜多。

先是，京儿与谋时曰："多官洵美，但眉目间英气太重；充其量，可以为忠臣烈士，虑不善终耳。"后果如其言。

---

1. 膂（lǔ）：脊梁骨。此指强壮有力。

夜航船二则

杭州夜航船，夜行百里，男女杂沓，中隔以板。仁和张姓少年，素性佻达，以风流自命。搭船将往富阳。窥板缝有少艾，向渠似笑非笑。张以为有意于己也。夜眠至三鼓，众客睡熟，隔板忽开，有人以手摸其下体。少年大喜过望，挺其阴使摸，而急伸手摸彼，宛然女子也。遂爬身而入，彼此不通一语，极云雨之欢。鸡鸣时，少年起身将过舱，其女紧抱不放，少年以为爱己，愈益绸缪。

及天渐明，照见此女头上萧萧白发，方大惊。女曰："我街头乞丐婆也。今年六十余，无夫，无子女，无亲戚，正愁无处托身。不料昨晚蒙君见爱，俗说'一夜夫妻百夜恩'，君今即我丈夫，情愿寄托此身，不要分文财礼，跟着相公，有粥吃粥，有饭吃饭，何如？"少年窘急，喊众人求救。众齐起欢笑，劝少年酬以十余金，老妪始放少年回舱。回看彼少艾，又复对少年大笑。

柴东升先生，搭夜航船往吴兴。船中老少十五人，船小客多，不免挨挤而卧。半夜忽闻一陕西声口者，大骂："小子无礼！"擒一人，痛殴之，喊叫："我今年五十八岁了，从未干这营生。今被汝乘我睡熟，将阳物插入我谷道中，我受痛惊醒。伤我父母遗体，死见不得祖宗！诸公不信，请看我两臀上，他擦上唾沫，尚淋漓未干。"被殴者寂无一语。

柴与诸客一齐打火起坐，为之劝解。见一少年羞惭满面，被老翁拳伤其鼻，血流满舱。柴问："翁何业？"曰："我陕西同州人，训蒙为业。一生讲理学，行袁了凡[1]功过格，从不起一点淫欲之念，如何受此孽报！"柴先生笑曰："翁行功过格，能济人之急，亦一功也。若竟殴杀此人，则过大矣。我等押无礼人为翁叩头服罪，并各出钱二百，买酒肉祀水神，为翁忏悔，何如？"翁首肯之，始将少年释放。

天明，诸客聚笑劝饮，老翁高坐大啖，被殴者低头不饮。别有一少年，笑吃吃不休，装束类戏班小旦。众方知彼所约夜间行欢者，乃此人也。

---

1. 袁了凡：明朝思想家、理学家。著有名作《了凡四训》。

京中新婚

北京婚礼与南方不同。邵又房娶妻，南方诸同年贺之，意欲闹房拜见新人也。不料花轿一到，直进内房。新郎弯弓而出，向轿帘三发响箭，然后抱新人出轿，则乱鬟蓬松，红绸裹首。新郎以秤杆挑下红巾，不行交拜之礼，便对坐床上。伴婆二人，持红毡将四面窗棂通身遮蔽。进大饺一个，剖之，中藏小饺百余。两新人饮酒啖饺毕，脱衣交颈而睡。

次日鸡鸣，公公秉烛早起，礼拜天地、灶神、祖庙。过五日后，方才宴客。本日贺者，全无茶酒，饥渴而退。或嘲之曰："京里新婚大不同，轿儿抬进洞房中。硬弓对脸先三箭，大饺蒸来再一钟。秤杆一挑休作揖，红毡四裹不通风。明朝天地祖宗灶，拜得腰疼是阿公。"

蝎虎遗精

蝎虎即守宫。刘怡轩云：其遗精至毒，人误食之，不得见水。倘有水一滴在体，不拘何处，即能消化人骨肉成水。

曾有江南民人，有二儿自塾归，其母以干冬菜蒸肉脯食之。时正暑，儿食后洗浴，久之不出，怪而视之，则盆中惟有血水，骨肉皆销。众尽骇，不知何故。乃检所存积干菜坛内，有大蝎虎二，相交于上，其精溢菜中，始知误取以食儿，其毒至此。然考《遵生书》云："夏月冷茶过夜者不可食。守宫性淫，见水必交，恐遗精其上。"古人亦未尝言其能化人筋骨。

溺壶失节

　　西人张某，作如皋令，幕友王贡南，杭州人。一日，同舟出门，贡南夜间借用其溺壶。张大怒曰："我西人俗例，以溺壶当妻妾。此口含何物，而可许他人乱用耶？先生无礼极矣！"即命役取杖责溺壶三十板，投之水中，而掷贡南行李于岸上，扬帆而去。

［全书完］

袁枚（1716-1798）

字子才，号简斋。清康熙五十五年（1716）生于浙江钱塘（今杭州市），卒于嘉庆二年（1798），享年八十二岁。乾隆四年中进士，选翰林庶吉士，后历任溧水、沐阳、江宁等县知县。年甫四十，辞官居于南京小仓山，购隋氏废园，改名"随园"，吟咏其中，故世亦称随园先生。晚年自号苍山居士、随园主人。

擅写诗文，与赵翼、蒋士铨合称"乾嘉三大家"（或江右三大家）。倡"性灵说"，不走仿古之路，主张抒发真情、彰显个性。著有《随园诗话》《随园食单》《小仓山房诗文集》等传世佳作。一生狂放不羁，好游山玩水，乃"广采游心骇耳之事，妄言妄听，记而存之"，遂有《子不语》。

子不语

产品经理｜殷梦奇　　装帧设计｜Mirro
特约顾问｜刘　朋　　技术编辑｜白咏明
插画绘制｜爻木木　　出 品 人｜路金波

图书在版编目（CIP）数据

子不语 /(清) 袁枚著. -- 天津 : 天津人民出版社,
2016.8（2020.3重印）
 ISBN 978-7-201-10685-4

Ⅰ.①子… Ⅱ.①袁… Ⅲ.①笔记小说—小说集—中
国—清代 Ⅳ.①I242.1

中国版本图书馆CIP数据核字(2016)第170823号

子不语
ZI BU YU

出　　版	天津人民出版社
出版人	刘　庆
地　　址	天津市和平区西康路35号康岳大厦
邮政编码	300051
邮购电话	022-23332469
网　　址	http://www.tjrmcbs.com
电子信箱	reader@tjrmcbs.com

责任编辑	张　璐
产品经理	殷梦奇
装帧设计	Mirro

制版印刷	天津丰富彩艺印刷有限公司
经　　销	新华书店
发　　行	果麦文化传媒股份有限公司
开　　本	880毫米×1230毫米　1/32
印　　张	9.25
印　　数	71,001-76,000
插　　页	2
字　　数	193千字
版次印次	2016年8月第1版　2020年3月第14次印刷
定　　价	39.80元